# INSTINCT ANIMAL
# Tome 1 : Mutations Eclairs

Benjamin LEFRANC
« Ben LefranK »

Copyright © 2017 Ben LefranK
All rights reserved.

ISBN-13: 978-2322103591

*Avec la participation de :*

L'ensemble de mes bêtas lecteurs avant l'édition en ebook sur *Amazon*, depuis les plateformes *Wattpad, Scribay* et *Atramenta*, ainsi que des personnes m'ayant inspiré par leurs belles images sur la banque weheartit.com, mes contacts Instagram et tant d'autres qui m'ont fourni en images libres de droit.

# SOMMAIRE

*"A mes chers lecteurs!"*

|   | Préface | 5 |
|---|---|---|
|   | Introduction:"Une vie en ébullition" | 6 |
| 1 | Une enfance survol(t)ée | 7 |
| 2 | Des débuts prometteurs | 9 |
| 3 | Une épreuve pour Andy | 12 |
| 4 | Nouveaux horizons | 14 |
| 5 | Cap pour la vie d'adulte | 16 |
| 6 | D'une nuit au grand jour (révélations) | 18 |
| 7 | Une fin en soi? | 20 |
| 8 | Qui est-il vraiment? | 23 |
| 9 | La suite... | 24 |
| 10 | Ce qui devait arriver | 26 |
| 11 | Allez, on se reprend! | 28 |
| 12 | Explosion : de la bête qu'il allait assumer | 30 |
| 13 | Mémoire et vérité | 32 |
| 14 | Etrange stimulation | 35 |
| 15 | De la force des sentiments humains | 37 |
| 16 | "Face à face", les morceaux du puzzle | 39 |
| 17 | "Terre et Lune" - Brûlante dérision | 41 |
| 18 | Ex-pension du duo de choc ! | 43 |
| 19 | Retour(s) en fusion(s)? | 45 |
| 20 | Débrief' menthe à l'eau | 47 |
| 21 | Double(s) duo(s) en un quatuor | 49 |
| 22 | "Ondes de chocs" | 51 |
| 23 | Risques incensés ou raisons insurmontables? | 53 |
| 24 | Des vacances bien méritées - Comble du suspense | 55 |
| 25 | Noël en fanfare | 57 |
| 26 | L'alliance tant attendue | 60 |
| 27 | Un plan douteux, mais avaient-ils le choix? | 62 |
| 28 | Pouvaient-ils vraiment en être sûrs? | 64 |
| 29 | Stay Alone et les Mutants | 66 |
| 30 | Place aux festivités | 68 |
| 31 | Mission Stay Alone with US Army | 70 |
|   | EPILOGUE - La Triple Alliance au complet : signe de paix? | 73 |

# A mes chers lecteurs!

Non pas pour faire bonne impression, mais véritablement pour m'adresser directement à tous ceux qui ont contribué, plus ou moins directement, et parfois même sans en avoir eu la volonté, à l'élaboration de ce roman, je tiens maintenant à tous vous remercier.

Que vous m'ayez déjà lu, que ce soit pour vous une 1ère, ou même que vous lisiez ce message avant de vous attaquer au roman, je prends votre passage sur mes mots comme il vient.

Voulant être un simple messager de paix, malgré l'aventure parfois violemment intrigante de cette histoire, j'espère au moins vous avoir permis de prendre plaisir, en tournant ses pages.

Les mutations du monde dans lequel nous sommes, en parallèle de celles des protagonistes, animaux et humains ou robots, sont les sources d'inspirations essentielles, qui m'ont mené tout le long de l'écrit de ce premier tome.

Ce message de remerciement, je l'adresse plus particulièrement à ceux qui m'ont suivi de plus ou moins près sur Scribay et les réseaux sociaux, car ils représentent une majorité de ceux qui ont contribué aux améliorations de mes textes.

Je cite donc en priorité, ceux que j'ai pu connaître sur cette plateforme. A. Timonier, Olivier Guidicelli, Nog Lhuisine, Johanna Dug' Marine, Navezof, Melissa Restous, et V. Nyl Valhalla pour leurs annotations toujours utiles.

Je n'oublie pas non plus Arnaud Lavalade, fondateur, avec qui j'ai pu échanger, afin de contribuer aux améliorations de la future version de Scribay. Il ne cesse de me remercier pour mes remarques précises, mais lui aussi, l'entraide, cela semble le guider vers plus de sérénité.

Il n'est pas chose facile d'être édité, moi-même j'ai appris parfois par de plus jeunes que moi, mais déjà bien entrés dans la sphère, parce qu'ils ont eu le cran et se sont laissés critiquer pour parfaire leurs écrits.

A ce juste titre, je pense plus précisément à Claire Chve, Sandrine Decroix, Théo Lemattre, qui sont de la génération qui m'a précédée, et à Thierry Tougeron qui pourrait être mon père. Ceux-ci ne sont pas sur Scribay, mais je m'en sens quand-même bien proche. Je n'ai pas hésité à prendre leurs recommandations.

Puisqu'on en est aux échanges de bons procédés, j'ai eu aussi le plaisir de faire la connaissance de Sophie, rencontrée sur booknode. Au-delà de ses services presse « dans l'ombre de la lumière », elle tente déjà des choses par petits extraits à la fois poétiques, réalistes et parfois même bien amusants... Je lui souhaite de se libérer aussi à ce niveau-là, comme elle le fait admirablement bien avec ses chroniques. Elle a accepté d'ailleurs de m'en faire une pour ce tome 1.

S'en est suivie dans la foulée une amitié fragile entre moi-même et Coco Book, via sa page « Passion Addict » et son blog d'échanges avec les auteurs... Elle défend les tous nouveaux, avec qui elle fait un tas de choses avec les moyens qu'elle a. Je suis fier de l'avoir connue et de voir comment elle a évolué un certain temps, en l'aiguillant de mon possible pour qu'elle réussisse à défendre sa place dans ce vaste milieu.

J'ai aussi une pensée particulière qui va à un ami récemment retrouvé sur Facebook, mais avec qui j'ai déjà échangé par mail via sa « vitrine » wordpress. C'est un tout nouveau dans l'autoédition tout comme moi, qui fait aussi un sérieux travail d'ouverture à l'imaginaire, mais dans un autre créneau. Je cite donc M. Mih Auteur, vous pouvez le retrouver sur sa page.

De l'indépendance créative à la Maison éditrice, il a un projet mis en suspens, puisqu'il est l'un des fondateurs d'une future ME dénommée « Deviens Autre » mais il a aussi une vie à mener par ailleurs. Tous mes souhaits vont vers lui, que son bouquin voit enfin le jour, tout comme le mien à présent ! Cela ne devrait pas tarder, on en est à une sorte de « course poursuite » chacun de notre côté, sans se sentir en compétition…

Je remercie également pour leurs avis, plus globalement sur ma manière de communiquer, concernant mon style ou autre aspect de mes échanges partageurs, montrant qu'elles ont compris le message, certaines de mes amies. Me voilà très ravi d'avoir pu rencontrer Marie. Ce genre de relation est à la fois unique et inoubliable, tout comme très récemment celle que nous entretenons avec Mireille. Quand je repense aux bonnes rigolades et aux discussions entraînantes que nous avons pu avoir, cela m'encourage. Depuis peu, je sais qu'elles non plus, ne me lâcheront pas.

Voici donc comment j'aimerais tous vous être reconnaissant :

*« Si vous ne m'oubliez pas, moi non plus. Les échanges, les relations entre tous les humains quels qu'ils soient, mais aussi les animaux, sont une cause commune que l'on doit avant tout remettre en priorité. Sans ça, notre santé et notre environnement seraient dénués de vie. C'est cela aussi L'INSTINCT ANIMAL, notre nature, ce qui fait que l'on crée. Et nous avons les mots pour faire fructifier ce don, en faire des talents, alors profitons-en! »*

Vivons ensemble, partageons, créons avec nos rêves les plus fous, et nous retrouverons tous cette belle humanité qui émane en nous.

Maintenant pour finir, je ne le dirais jamais assez même si j'y tiens, alors surtout n'oubliez pas le FIGHT POWER… « La vie est trop courte, profitez-en à fond, ne vous privez pas de belles découvertes, ainsi vous ne regretterez pas, d'avoir laissé passer de telles occasions de prendre plaisir, ou d'avancer dans vos projets. »

A Pascale, pour toutes les bonnes ondes qu'elle m'a envoyé, depuis le début de mon lancement, avant même que j'ai ouvert le premier blog, avant même aussi que ce roman soit d'abord une nouvelle, avant même que j'y crois au-delà de mes poèmes, je dois de la citer pour finir du mieux que je peux, en restant le plus simple possible. Quelqu'un comme elle, ça a été une véritable aventure de passerelle, qui n'a cessé de fructifier, de faire passer des messages.

*« Sans toi mon amie belge, jamais je n'en serais là, ta fibre étoilée, les mille volts canalisés, c'est toi qui me les a donnés pour arriver à ce premier tome et à voir en grand avec la saga. MERCI!»*

Enfin, voici ce qui résonne particulièrement dans mon esprit en ce moment précis:

*« Je sais bien que c'est la galère, que c'est dur pas très rigolo…Si tu restes, il faudra t'y faire, j'aime pas les héros… Je suis triste comme une pierre, souvent à zéro…. Si je suis fou ouh ouh ouh ouh ouh ! Je veux réussir ta vie, et surtout, que tu te sentes bien! »*

**Ben LefranK – Autoédité**
*Un auteur qui vous veut du bien!*

# Préface

Voici mon 1er roman, dans un genre fantastique supplanté de naturel. L'idée est de développer mes diverses inspirations, en quête d'un monde où chacun aurait la possibilité de se créer une nouvelle peau, par le biais de métamorphoses personnifiées.

Je vous remercie de venir donner vie à ce livre, par curiosité ou toute autre raison. Sans vous, l'intérêt pour l'écriture n'aurait pour moi aucun sens véritable. Quel que soit le cheminement qui vous a mené à être tenté, j'espère ne vous décevoir en aucun cas…

Il est à savoir que ce projet d'écriture, avant de le publier en tant qu'écrivain indépendant, est inscrit dans une optique engagée.

Serions-nous tous comme un Humain-Animal, un monstre, une créature magique?!
L'essentiel, c'est que nous restions vrais!
Je vous laisse maintenant suivre l'évolution de mon histoire, en vous invitant à rester guidés par votre passion de lire!

*Une imprimante intuitive programmée pour reconnaître uniquement les demandes de son propriétaire, écrivain grand voyageur d'esprit, bons paramètres, sans réglages. Elle lui donne l'avantage indéniable de ne jamais tomber en panne. Mais des surprises l'attendent, quand il part trop dans ses rêves et oublie de l'éteindre. Finira-t-il un jour par s'en passer?*
*Comment va-t-il gérer ses voyages de rêveur invétéré?*
*Voici le récit de ses premières années de vie, aussi étranges que bien réelles…*

# Introduction : Une vie « en ébullition »

Un beau jour de printemps, naquit un petit bonhomme sans rien de bien particulier, du moins rien qui puisse intriguer nul autre que lui-même... Arrivé dans une famille qui l'accueillit avec une joie démesurée, comme souvent chez les aînés, il n'avait pas eu le temps de se rendre compte qu'il n'allait plus pouvoir se contenter du ventre de sa mère.

C'est elle qui, par ailleurs, ne l'avait jamais lâché du regard. Lorsqu'il s'en aperçut, ça l'étonna, lui qui n'était habitué à voir personne. Il venait de passer tout son temps dans le noir complet!

Ébloui, observé depuis sa naissance par tout ce monde qui l'entourait, ainsi commença sa vie. Allait-il comprendre assez tôt qu'il n'allait être vraiment pris en compte que s'il grandissait « dans les normes »? Il dut d'abord apprivoiser cette nature humaine parfois sauvage. S'il n'avait pas voulu être montré du doigt et en souffrir jusqu'à la fin de ses jours, il allait devoir s'imposer tel qu'il était. Il allait pouvoir ainsi trouver son équilibre, dans le respect, la dualité et la reconnaissance mutuelle. Cela allait, au fil du temps, être une véritable libération...

Quoi que l'on ait pu en penser, l'arrivée d'Erwan au domicile familial ne se fit pas dans la demi-mesure. Réunis autour d'un feu, ses parents, grands-parents, oncles, tantes, parrain et marraine se firent très vite à l'idée qu'il était le premier d'une génération, qui allait prendre tôt ou tard la relève. Mais pas seulement. Il allait perpétuer également le nom de ses paternels. Pour eux, cela impliquait qu'il allait recevoir une éducation, dans un cadre sécurisant et lui inculquant une certaine droiture. Autant dire que rien ou presque n'allait être laissé au hasard, ni même réalisé dans la précipitation.

Tout fut alors préétabli, dès les premières années de vie du petit garçon.

Heureusement pour Erwan, sa mère Linda veillait sur lui. Elle comptait bien permettre à son fils de faire des choix, pour se forger selon des valeurs qu'il ferait siennes. Ainsi, il allait devenir acteur de son authentique histoire, dont il allait pouvoir être fier... Coordonnée par son père Edouardo, l'éducation d'Erwan fut programmée point par point. Sauf que même celle qui l'avait porté, le petit nouveau n'allait pas suivre éternellement ses conseils!

La révolte du petit jeune ne pouvait avoir aucune limite, il y était bien décidé... Et ce, même si quiconque voulant aller à l'encontre de ce plan, risquait de connaître la rage de ce diable du village de Poing-Serré. La maîtresse de maison arrivait à le faire chanter en lui accordant ses faveurs.... Sa détermination lui dut parfois des remontrances. Elle s'en accommodait pourtant... N'en déplût à son mari! C'en était assez pour elle! Ainsi, elle allait devoir parvenir à ses fins, pour sortir son fils de l'emprise de ce *« Sacré Monsieur je veux tout diriger et tout le monde doit me donner raison! »*.

## Chapitre 1 : « Une enfance survol(t)ée »

Durant toute son enfance, il se sentit comme un légume au milieu d'herbivores, prêt à se faire dévorer… Et pourtant, ses instincts, même face au pire, l'aidèrent à survivre face aux dangers dans lesquels il s'était, parfois, fourré lui-même. Malgré l'intransigeance de son père, ou plutôt à cause d'elle, Erwan vécut son adolescence comme une « bombe à retardement », ce qui le poussa à avancer à contre-pied de ce qu'il avait pu montrer de lui jusque-là. Pour cause, sa force naturelle, avec le soutien de sa mère bienveillante, l'avait aidé à bien des égards. Par un amour inconditionnel, elle l'avait toujours accompagné pour surmonter les épreuves qui lui avaient été infligées. Autant consciemment que volontairement, moralement que physiquement… Il avait souffert à en être blessé, le plus profondément possible.

La barbarie face à l'humanité, fut le combat de toute une vie, génération après génération, au sein de sa famille… Il l'avait bien en tête, et ne comptait pas se laisser aliéner à l'esclavage, ou à quelque forme d'abus de pouvoir. Sans passer de l'autre côté du navire des forces opposées, il allait tenir sa place en lieu et en heure, à chaque opportunité qui allait lui ouvrir ses portes vers un avenir plus plaisant, à la fois solide et créatif, en perpétuelle évolution positive. Il n'y avait certainement pas, dans sa façon de mûrir en s'adaptant au monde, un clan de bons et une bande de mauvais garçons.

Ainsi, plein de courage et de résistance, il put trouver auprès de sa mère le réconfort nécessaire, pour supporter un père qui devenait de plus en plus tyrannique en prenant de l'âge. Travaux de force, tâches ingrates etc., rien ne manquait à l'appel du « dictateur familial ». Il dut tout subir, sans rien dire, sous le regard méprisant de son géniteur qui s'en donnait à cœur joie. Silence, non-dits, hypocrisie, obéissance aveugle, ignorance et même indifférence, il finit par passer par toutes ces émotions négatives, pour s'en servir ensuite avec ruse…

Finalement, aux moments opportuns, il s'opposa à tout ce qu'on exigeait de lui sans raison. Cela devenait un moyen d'exprimer son fort mécontentement devant les faits accomplis, de manière raisonnée, malgré les risques encourus. Suivant d'abord sa destinée, sans aucun lien avec sa scolarité, il excella très jeune dans les domaines artistiques, notamment au piano et avec les couleurs, puis avec les mots.

Son instinct naturel aurait pu le perdre, mais il s'en était toujours moqué… De son air naïf, il parvenait toujours à feinter pour se jouer des mauvais tours, avec l'appui de ceux qui l'aimaient.

Ses valeurs : la Justice de la « libre-pensée », qu'elle fût artistique ou simplement expressive, contre les préjugés et la banalité; l'anti fatalisme qui disait que surtout en création, il n'avait d'ordre à recevoir de personne… Une fois son esprit libéré, il se lança avec fougue devant la foule, de manière bien théâtrale, en s'exposant à tous les risques imaginables, tant avec ses ami(e)s qu'avec quiconque allait croiser son chemin.

Mais ce furent surtout ses premiers écrits, aux rimes extrêmement burlesques, qui allaient devenir sa « marque de fabrique »: tel un Mozart de la poésie comique. Il ne savait pas où ses « jets d'encre » allaient le mener. Peu importait pour lui tant qu'il prenait son pied!

Pour en arriver là, il ne trouva pas mieux comme référence que l'unique « relation » qui lui plaisait pour l'instant. Il trouva alors une voie possible grâce aux réseaux sociaux, aussi virtuels qu'ils fussent. Il se lia d'amitié avec une jeune fille, rencontrée d'abord sur un t'chat puis à travers Facebook, avant de passer en Visio sur Skype.

De semaine en semaine, ils en arrivèrent à ne plus pouvoir se passer de leurs discussions, au sujet de tout et de n'importe quoi. A force de se voir en webcam, c'était comme s'il n'y avait que très peu de différences entre le réel et le virtuel. Ils tentèrent donc d'agir, afin qu'il n'y en eût plus aucune entre eux, en ralliant les deux modes de communication. Ils mouraient d'envie de pouvoir se rencontrer, lui et sa belle châtain aux yeux noisette, avec ce corps bien élancé!

Elle voulut s'appeler Eva, et bien il devint Andy! Leurs échanges se révélèrent tout aussi osés que littéraires, allant de la dystopie aux univers érotiques...

De son côté, il allait tracer sa route en rencontrant, lors de nombreux voyages, toutes sortes de personnes apparemment bien étranges, qui deviendraient parfois des amis. En tous cas, c'est ce qu'il se dit à première vue... L'avenir tel qu'il l'entendait lui dirait, ce n'était qu'une question de temps et de façon d'être. Il espérait ainsi vivre réciproquement avec eux, en signe de respect et de confiance. Il en ressortit enrichi, ses idées prirent un tournant dans sa réflexion sur lui-même, ainsi que sur la vie qu'il souhaitait se créer. Ses rêves devinrent un virage essentiel, le guidant vers davantage de sentiments amoureux, semés d'autant d'embûches que de belles expériences...

Il s'imaginait enlacé, dans un slow endiablé, entre les bras et jambes de sa partenaire, prévoyant de l'embrasser. Une fois endormi, s'ensuivit une nuit comme jamais il n'en avait vécu jusqu'à ce moment de sa vie d'adolescent. Et si jamais ça pouvait être vrai, que ce songe puisse enfin devenir réalité?

# Chapitre 2 : « Des débuts prometteurs? »

Comme tout bon artiste qui se révolte, il avait « besoin » de se libérer non seulement des ordres, mais aussi d'un certain attachement maternel persistant. Ce dernier ne cessait de tendre à faire ressortir son côté « fragile ». Pourtant, il se rendrait à l'évidence que sans tout cela, il n'en serait pas là où il en était. Après une phase d'indépendance « rationnelle », pris entre le cœur et la raison, il fit ses premières belles rencontres, amicales et amoureuses, qui lui serviraient de muses, auxquelles il dédierait ses rêves les plus fous.

Devenu ainsi un jeune homme charmeur-charmé, il se confronta à bien des questions existentielles, à des joies, des malheurs, aussi bien qu'à des jalousies... Pour lui, ce fut la preuve qu'il était un artiste, critiqué en bien comme en mal... On ne pouvait être apprécié de tous, le tout était de garder ses amis et de se parfaire sans craindre de s'exposer aux difficultés du grand public, de se développer en évoluant de façon constructive auprès de son entourage.

Il apprit vite à s'y faire, malgré l'appréhension de sa mère et les remontrances de son père... Tout lui sourit rapidement. Mais attention aux surprises, car dans l'Art, tout peut chuter du jour au lendemain... Le moindre faux pas, et les ennemis discrets vous cracheraient dessus, pour vous prendre le beau rôle ! N'en déplaise à certains, Andy ne changerait plus jamais ce qui rendait originale sa révolte : rester hors du commun. Un tas de perturbantes remises en questions pour se démarquer plus largement s'ensuivirent, mais ce fut ainsi qu'il vécut.

Le résultat qui s'ensuivrait, inévitablement, passa dans un premier temps par de bien difficiles épisodes amoureux, qu'il vécut à plus de mille à l'heure... jusqu'à s'engager dans une relation qui le marquerait à vie, mais dont la clef resterait un bon moment verrouillée, comme toutes les précédentes.

*L'amour pouvait-il être indéfiniment vécu avec la même personne, jusqu'à la mort?*

C'est à ce sujet-là qu'il allait devoir s'interroger plus tranquillement.

Rien ne fut plus sûr, seule la vie dans laquelle il jouait un rôle important le lui dirait... ou déciderait que ce n'était pas si essentiel que cela en avait tout l'air. Pour l'instant, il pensait simplement, avec le recul, que même après une rupture, tant que les sentiments pouvaient se raviver, rien n'était perdu.

Pour cause, ce qui devait fonctionner pour lui en amour, devait enfin arriver, arriva. Il dut, une fois de plus, retrouver la flamme avec une autre, et espérer que cela s'annonçait au mieux, sans être sûr de l'issue. Ni une ni deux, il repartit à la recherche, tel un chasseur, comme à son habitude.... Mais cette fois, il se dit que ce serait sans attendre. Il laisserait venir sa proie, s'il la repérait.

On peut dire, même s'il n'y avait jamais cru, que la chance lui sourit bien vite. Mais il prit ses distances, décidant de ne pas trop la laisser s'approcher de lui. Ainsi démarra sa période d'hyper-méfiance modérée. Comment alors ne pas trop faire confiance, sans pour autant se méfier au point d'être fermé ? Le tout, se dit-il, est de rester en équilibre avec la vie, tant que ça ne le mettait pas en danger. Il était temps pour lui d'être prévoyant, mais de baisser progressivement la garde lorsqu'il se sentirait plus rassuré.

Un beau jour, il s'ouvrit finalement à cette belle inconnue, déterminé plus que jamais mais en y allant tout doucement. Cela lui donna envie d'en savoir davantage sur elle que son simple prénom. Il se rendit alors compte qu'il ne le lui avait même pas encore demandé.

- Il y a quelque chose que je n'ai pas encore osé avec toi, jeune fille.
- Ah oui, quoi donc, Andy?
- Et bien, toi, tu connais justement mon petit nom… Mais ce n'est pas réciproque.
- C'est vrai, je ne voulais pas te le dire si tu ne le souhaitais pas. C'est comme si j'avais peur que cela te gêne.
- Tu as bien senti le risque, rassure-toi, mais maintenant, je me sens plus enclin à faire ta connaissance, pour voir ce que ça pourrait donner.
- Wouahou, j'en suis très étonnée, et ça me surprend agréablement!
- Super, alors voilà, je me lance. Comment t'appelles-tu?
- Tu peux aussi me trouver un surnom si tu veux… Mais tu préfères peut-être que ce soit d'abord plus « officiel », lui répondit-elle en souriant.
- Euh, officiel, je ne sais pas si c'est le bon mot! Lui rit-il au nez, pour répondre à sa légère « piquette ». Mais j'aimerais t'identifier comme tous ceux qui te côtoient, ce serait un bon début.
- Ok, alors mes parents m'ont nommée Cassidy.
- Original, au moins je ne pourrai pas te confondre avec une autre de sitôt. Lorsqu'on me parlera de toi, je saurai de qui il s'agit, sans jamais hésiter…

Il ne s'en rendit pas encore vraiment compte, mais la demoiselle avait bien senti qu'il n'arrivait plus à s'exprimer avec autant d'assurance qu'il n'avait réussi à le faire jusqu'ici. Ne voulant pas trop s'engager, elle prit à son tour un recul, qui dura des mois.

Cette prise de conscience, pour l'un comme pour l'autre, les contraignit dans un premier temps à réduire leurs contacts.

S'ensuivirent alors plusieurs aventures sans lendemain, qui pourraient l'aider à passer à autre chose, pensait-il, à tourner la page… Mais ça ne fonctionna pas, évidemment!

Il s'essaya, après celles-ci, à la lecture comme moyen d'évasion, pour se détendre et s'enrichir par les mots. Cela lui permit d'abord de sortir du « psycho ». Fini les prises de tête!

À la longue, il y trouva un certain plaisir croissant. De toute évidence, s'installait en lui une nouvelle passion. Elle devint partie prenante de ses inspirations. Plus tard, il en créerait son style bien à lui. Mais avant toute chose, il se mit à en profiter au maximum, existant du mieux qu'il put malgré son célibat…

Il vivait maintenant seul, depuis bientôt trois ans! De là ressortirent ses grandes interrogations sur la vie. On pouvait les résumer avec ce passage tiré de ses archives (jamais éditées car il en avait « seulement » fait une sorte de pense-bête).

***« Qu'est-ce qu'on a gagné ou perdu en grandissant? Pourquoi change-t-on autant en peu d'années? Est-il normal de se poser des tonnes d'équations à multiples inconnues à cet âge? Quelle différence y-a-t-il entre grandir et vieillir? ».***

Et ses réponses, un beau jour, furent sans appel. Ce qui devint évident était que de plus en plus de choses étaient à faire. Un adulte avait encore plus d'obligations, et en échange, la liberté n'était finalement qu'illusoire…

En dépit de tout défi, il réalisa de belles rencontres, amicales pour la plupart. Mais celle dont il se souviendrait plus encore, fut celle de Diego : un Mexicain bien étrange à première vue, mais si intéressant! Quand ce dernier allait bien, il put aborder tous types de sujets avec lui. A commencer par les cycles d'humeur.

Chez ce Latino-américain, ils se manifestaient en phases sentimentales de « séduction/ amour fou/ haine farouche/ déprime/ nouvel essai de partenaire ». Tout cela en trois semaines ! Il fallait alors, à ceux qui le côtoyaient, deux semaines de plus pour avaler son aigreur farouche. Pourtant, il ne le faisait pas exprès. C'est son autisme qui lui jouait des tours et provoquait ses délires de pyromane, avec prise d'otages en cas de surcharge de travail mal récompensé. Il faisait cela par sentiment d'injustice, car personne ne voulait l'aider... Excepté, par moments, Andy.

A l'issue de ces rencontres, son inspiration prit enfin forme, avec ses propres modes d'expression, crées de toutes pièces avec ses jeux de mots. Son imagination le mena parfois au-delà du possible, vers l'extraordinaire...

## Chapitre 3 : « Une épreuve pour Andy »

Il souhaita très vite, par ailleurs, faire la connaissance d'une belle femme sensuelle, aux cheveux châtain foncé et aux yeux marron tournant vers le vert. Elle était à peine plus âgée que lui et les formes, bien suaves, qu'il devinait, ne pouvaient que l'attirer. Avec son caractère en apparence insupportable, elle se dévoila petit à petit réceptive à son art, émue, puis « passionnément amoureuse ». Il finit donc par s'en éprendre, et ce fut l'amour fusionnel, en apparence, qui se manifesta. Mais était-ce réciproque, qu'en était-il vraiment?

Aussi bien de cœur que de corps, leurs vies ne firent plus qu'une… du moins dans l'imaginaire. A en devenir obnubilés par la présence l'un de l'autre, devenue envahissante dans leurs esprits ouverts, tolérants et pleins de franchise à revendre. Chez l'un sans diplomatie, car il n'aimait pas spécialement cela ; chez l'autre au contraire, avec énormément de finesse quand elle le jugeait utile…

Ils y trouvaient là une complémentarité grandissante. L'homme mûrissant, devint alors fougueux dans ces rendez-vous avec sa future femme, des rêves incessants lui visaient l'esprit, avant qu'il aille écrire sur sa machine et s'endormir sur le clavier. A son réveil, il était surpris de voir que presque rien de nouveau n'était écrit, alors qu'il avait eu un tas d'idées. Cela le frustrait énormément.

Ne voulant cependant pas en faire souffrir sa protégée, il décida alors de se remettre en question, sur bien des points… Des modifications devraient donc être apportées dans son comportement, notamment dans sa façon d'écrire. Pour cela, il allait directement s'attaquer, entre autres, à son imprimante. Cette dernière deviendrait ainsi la trace de ses pensées endormies. Il la dénommerait même sa « machine à intuition expressive », dont il resterait la partie pensante. A eux deux, ils réaliseraient de grands projets créatifs, en tant que « machine intuitive ».

La nouvelle interférence entre sa « vie de couple » et sa relation à l'écriture alors créée, lui donna les ailes qui lui manquaient, pour s'épanouir pleinement dans son art, et s'ouvrir à de nouveaux horizons. Il pensa à la façon dont il pourrait la rendre intuitive. Non pas excessivement présente dans ses écrits, mais pour que son couple ne puisse être envahi, alors qu'il en espérait un avantage certain… Pas seulement dans son imaginaire retranscrit, également dans sa vie privée au quotidien, un moyen d'apaiser sa vie.

C'est à se demander ce qui l'attendait, ne trouvez-vous pas ? Un réel tournant, restait à voir ce qui lui permettrait d'arriver à atteindre son objectif, tout de même très idéaliste…

Notre cher Andy, une fois ses esprits retrouvés, élargit d'autant plus son amplitude d'influences, dans tous les genres artistiques. Riche de ses expériences de jeune adolescent, ce fut pour lui le début d'une nouvelle ère : celle de sa vie d'adulte. Il découvrit alors avec ses admirateurs que de tout ce qu'il aimait, il pouvait maintenant créer sans limites.

Il en fit sa maturité d'auteur en devenir, entre le vécu et le ressenti d'un côté, l'imaginaire tendant quelque peu vers le fantastique de l'autre. Cet aspect-là, encore rarement vu, allait lui permettre de déployer ses ailes d'ange sous ses airs diaboliques. Il n'espérait pas en vivre financièrement parlant, de cela il s'en moquait réellement… Mais il pouvait ainsi croire en ses rêves de jeune « déluré », certes, mais excessivement créatif.

En parallèle, il tenta également de s'adonner à nouveau, mais d'une façon plus assidue, à ce pour quoi il avait commencé à s'exprimer artistiquement parlant : la musique.

Du rock alternatif fusionné à l'électro-pop, comme avec le groupe Back spin, au rap du genre Eminem en passant par ZAZ ou les Têtes Raides, il choisit tout d'abord de composer ses propres arrangements. Cela lui coûta beaucoup de temps et d'énergie. Mais ce fut aussi le début d'un accomplissement pour lui qui, jusque-là, ne faisait qu'interpréter des textes déjà existants, qu'il accompagnait sur des versions pré-écrites, au piano.

Il en sortit gagnant en tous points, à la fois plus à l'aise en technique et mélodiquement. Alors requinqué et l'âme inspirée, il élargit son panel artistique. Au plus profond de son esprit, il y vit là une aubaine d'opportunité à saisir, y compris pour revenir à l'écrit. Il eut pour quête absolue, une nouvelle vague de découverte littéraire.

De fait, avec ses aspirations à lire autre chose que ce qu'il avait déjà écrit, il en arriva à découvrir un romancier contemporain, en la personne de Gilles Legardinier. S'inspirant de ses ouvrages un tant soit peu originaux, il en vint lui aussi à écrire sur la race féline. Il se démarqua de son aîné par la jeunesse d'esprit spontané, qui lui permit d'être vu comme un « avant-gardiste nouvelle génération, avec plein d'humour, de sensibilité et de tact », si l'on s'en réfère aux critiques.

Cette nouvelle phase d'inspiration, marquée par une maturité en pleine révolte, il la devait aussi à Ariane Schréder, auteure de « La silencieuse », qu'il avait déjà rencontrée en personne l'année de ses 25 ans. Ils finirent d'ailleurs par se lier d'amitié, ce qui renforça énormément le caractère du jeune homme. Rien ne put alors l'arrêter.

# Chapitre 4 : Nouveaux horizons

Voilà donc qu'Andy volait de ses propres ailes… Il n'avait plus nécessairement besoin ni de sa mère, ni de son très cher père. Ces derniers le reconnurent eux-mêmes, à la plus grande joie de toute sa famille. Ouf! Enfin, ils pouvaient le laisser libre et s'abstenir de le tenir par leur emprise enivrante! Car maintenant, grâce au soutien de ses nouveaux amis, de sa relation littéraire de l'au-delà, sans oublier le concours de sa merveilleuse machine « à penser l'écrit intuitivement », il se trouvait bien entouré et armé pour percer sur le chemin de son avenir heureux… Il avait pris son envol, il pouvait se dire que sa réussite venait avant tout de ses propres initiatives. Il s'était lui-même construit, après avoir surmonté bien des épreuves, qui firent de lui l'homme qu'il était devenu.

*<u>L'emporterait-il au Paradis?</u>*

*<u>Ou ailleurs, qui sait… Car, après tout, le Paradis n'est-il pas simplement une vision positive de la vie : l'accomplissement final de nos envies?</u>*

Andy eut un grand projet : ouvrir les flux de communication à une échelle sans limites, sans fin, que rien n'arrêterait jamais… Bref, un sentiment d'éternité en donnant vie à ses expériences, chez ceux qui le suivraient de près comme de loin, prenant même conseil auprès de lui. Il souhaitait, par ailleurs, procréer avec entrain, pour sortir totalement de la séduction futile, mais surtout, remédier à la triste distance qui persistait entre lui et la belle Eva… Dans le but de la rencontrer, en chair et en os, ce serait là un accomplissement idéal, pour lui qui aspirait constamment à un passage du virtuel au réel, depuis tant d'années !!! Il estimait la connaître, mais pas concrètement parlant.

En définitive, notre jeune homme avait vu ses avancées porter leurs fruits. Elles l'avaient ouvert à des univers différents, puis lui avaient permis de créer le sien : une vie d'artiste « hors-jeu », guidée par son instinct et ses rencontres, aussi bien réelles que virtuelles. Il en avait même fait un lien indéniable entre deux « parallèles », qu'il ne pourrait que défendre, à vie, ce qu'il avait toujours voulu donner comme définition de l'humanité. Attiré par la nouveauté, la vérité ne lui faisait dorénavant plus peur, après toutes les épreuves qui l'avaient mené là où il en était. Sa nouvelle situation, il l'avait voulue, avec courage et détermination, contrôlant son énergie pugnace, en évitant les pièges… Il se sentait plus que prêt à l'essentiel, dans le but ultime de toute vie : la transmission de l'instinct de survie, associée à la jouissance de tous les bienfaits qui se présentaient, à chaque occasion qu'il en était permis.

Dans tous ses actes, au quotidien et dans son Art, sa famille ne trouva plus rien à lui reprocher, si ce n'était son acharnement. Heureusement, il n'oublia pas de reconnaître que sans son « imprimante intuitive », ils seraient tous morts, lui compris… Enfin après tout, grâce à elle, ses écrits étaient mondialement diffusés, à la grande joie de ses admirateurs.

Merci à ce don du ciel, lui permettant de voir au-delà du perceptible, lui offrant la possibilité de vivre heureux, avec celle à qui il finit par donner l'objet de sa progression fulgurante, créée de toutes pièces de ses mains, et dont il n'avait désormais plus besoin. Car en somme, n'était-ce pas elle, qui lui avait donné la clef de cette virtualité, rendue possible, de son humanité libérée ? Il décida alors de vivre ainsi avec ses proches, de se consacrer à prendre les plaisirs comme ils viendraient, sans exception, à l'image de son parcours semé d'embûches, certes, mais qui avait montré son grand esprit revanchard et sa fougue légendaire.

Espérant qu'Eva entendrait le message qu'il souhaitait lui faire passer, au travers de ce dernier écrit qu'il vous transmet en ce moment même, écrit naturellement de son vivant... Les temps de repos seraient pleinement récupérateurs, avec des temps de vie d'autant plus prolifiques.

### *Comment allait-elle l'interpréter, ce cadeau?*

Pour lui s'ouvrirent de nouvelles perspectives de progression fusionnelle. Il en tirerait profit, mais tout dépendrait de la façon dont elle serait, ou non, réceptive. De cette « distance virtuelle », il leur restait à voir ce qu'il allait advenir...

### *Parviendront-ils à joindre corps et âmes leurs pulsions?...*

La tournure des évènements fera à nouveau des étincelles, les illuminera par faisceaux, ravivant des flammes parfois éteintes depuis des lustres... et pourquoi n'ouvrirait-elle pas carrément la science à de grandes découvertes universelles, mises en doute depuis toujours? L'origine même de pratiques ancestrales, remontant à l'âge préhistorique, fut une des lois indétrônables... La seule certitude fut que, de nos jours, pour se reproduire naturellement sans artifices scientifiques, les êtres étaient forcés d'assouvir leurs désirs primitifs, leur soif de « sexe ». Or pour faire perdurer leurs idées, nos deux compères n'avaient eu que deux options ; le clonage non sans risques, et la beauté naturelle des ébats sans tabous. Qu'en feraient-ils? Inventeraient-ils de nouveaux médias interactifs, alliant le virtuel au réel dans ses extrêmes les plus osées? Ou bien encore la Nature révèlerait-elle sa véritable identité?

# Chapitre 5 : Cap pour la vie d'adulte

## *La nouvelle vie d'Andy*

De son envie de concrétiser, avec sa belle, naquit une nouvelle façon d'être dans les conversations qu'il entretenait, avec les personnes qu'il croisait. Plus il se disait que la possibilité de la rencontrer en chair et en os s'ouvrait à lui, plus il se demandait si l'inverse pouvait cependant se produire sans encombres... Et cela l'avait hanté ! Non seulement parce que quiconque communiquait avec lui se retrouvait alors dans son champ de réflexion, mais surtout qu'en conséquence, ses questionnements prenaient une tournure vraiment ni ordinaire, ni orthodoxe... Mais bon après tout, il n'avait jamais prêté attention à un ordre religieux, quel qu'il fut !

Il décida, pour la peine, de prendre du temps pour écrire des nouvelles à portée humanitaire, ce qui aurait le mérite de bien lui changer les idées. Le premier opus, intitulé « l'amour rapproché », n'avait rien d'anodin. Non surpris, à l'arrivée de la publication officielle, ses proches n'en dirent pas grand-chose, bien que perplexes. Il ne leur avait pas dit mot de quoi que ce fût, ni même qu'il s'était remis à poser des mots, sur ses pensées envers Eva.

Bien que ce fût de façon plus ou moins directe, cette-fois, il se rendit compte de l'emprise que prenait cette relation dans sa vie. Il en alla même à s'imaginer réellement construire des projets communs, encore même pas rêvés jusqu'au jour où il se surprit, pourtant bien éveillé, à rechercher une maison.

Cela pouvait paraître banal, mais pas pour lui, et il compta lui en faire part.

— Chérie, je dois t'annoncer quelque chose de très important !
— Ben alors, mon Andy, que t'arrive-t-il de si soudain ?
— Je crois bien que c'est plutôt une vieille idée, mais qui surgit dans la réalité...
— Que veux-tu dire par là ? J'avoue que je n'y comprends pas un seul mot ! Allez, dis à ta Eva si ça ne va pas, ou si tu as envie de lui livrer un secret inavouable.
— A vrai dire, avouable, ça l'est ! Bien plus que beaucoup ne veulent même pas se l'avouer... Mais nous sommes des êtres exceptionnels, mon ange démoniaque si précieux et prêt à brûler !!!
— D'accord, chevalier ardent, bon et si maintenant tu allais droit au but... qu'on passe un peu à l'action comme nous savons si bien le faire d'habitude, et sans trop tarder s'il te plaît !
— Franchement, tu ne m'aides pas vraiment là ! Mais vu qu'il le faut absolument si je ne veux pas manquer à ma quête de toujours, je me lance. Il ne manquait, en somme, qu'un élément de réponse à ce qui me tracassait depuis un bon moment, peut-être même... à l'instant précis où je t'ai vue pour la première fois, dans mes rêves. Un peu comme un « flash virtuel ». Tu vois ce que je veux dire ?
— Je crois, oui...

Il était bien arrivé, l'instant même du tournant essentiel de la vie d'adulte de deux êtres qui, pourtant si éloignés géographiquement [et qui n'auraient jamais dû se croiser], par on ne sait quel procédé, allaient tenter ce grand pas, qui paraitrait impossible encore de nos jours.

D'une relation internet, tout le monde croyait que la réalité vécue ne pouvait exister, concrètement, que par un rendez-vous organisé assurément au préalable… Mais ce fut sans compter sur la confiance, que ces jeunes gens pouvaient avoir l'un en l'autre, explosant les barrières de toute crainte ! Dorénavant, ils n'eurent plus peur de rien, si ce n'était peut-être de ne jamais se dire en face ce qu'ils avaient sur le cœur. Un des rêves les plus fous depuis la nuit des temps, à force de durer et d'évoluer, au fil des années et d'abord né d'un seul homme, prit forme chez sa bien-aimée. Rien ne sembla plus beau à leurs yeux, ils allaient alors tout faire, pour arriver à leurs fins.

## Chapitre 6 : D'une nuit au grand jour (révélations)

*« Qu'est-ce qui aurait bien pu les freiner ? »*

Ils n'y pensaient même pas, trop déterminés pour se laisser envahir par ce genre de réflexions… Ils avaient mieux à faire, bien décidés à mettre au point le stratagème, qui leur permettrait de se transmettre leurs pensées, dans un premier temps, avant de pouvoir enfin ne plus avoir qu'à suivre leur instinct. C'est ainsi que s'ouvrirait, selon eux, la passerelle menant à leur victoire sur la vie, bien qu'il n'y eût rien de plus fort. Enfin, ils se verraient pour de vrai, parviendraient à concrétiser toutes leurs envies, qui jusque-là n'étaient que l'expression verbale de leurs désirs et sentiments.
Une nouvelle sérénité était née, et peut-être une nouvelle ère… dans un monde où la sensualité et l'érotisme prenaient une ampleur, avec des amants dévoilant leurs corps de façon extrême, que seule la pensée exprimait, auparavant, dans la virtualité.
À présent, tout cela allait très vite, nous n'en étions plus qu'à l'écrit. Bien au-delà, les mots sortaient des corps avec la bouche. Par les webcams, on pouvait déjà, même à travers les océans, se voir, s'entendre et s'écrire…

*« Alors pourquoi ne pas se projeter encore plus loin ?! »*

Il ne leur restait plus qu'à voir comment, l'idée y était ! Andy fut le premier à y avoir pensé, et ne tarda pas à s'en entretenir avec sa complice sentimentale. Avant toute chose, cependant, tout devait fonctionner sans risque de panne et avec un maximum de performances, tout le long de leur conversation. Ce serait alors la confirmation, que son idée était réalisable.

[Tout semblait en état de marche.]

- Chérie, tu es là ?
- Bien sûr, qui y-a-t-il ? Tu m'as l'air bien excité !
- Oui, c'est vrai. J'ai eu une étincelle dans mon esprit cette nuit. À mon réveil, ça a fait « tilt » !
- Ah… et bien alors dis-moi !
- C'est au sujet de notre projet de rencontre.
- Je savais bien que ton cerveau écouterait les battements de ton grand cœur. Vas-y, j'écoute ton plan !
- Ok. Eh bien, tu sais aussi que je suis un grand communiquant si j'ose dire… Il se trouve donc que la solution semble être dans la réaction des corps face aux possibilités du virtuel. Sans oublier, évidemment, ce que deux âmes aimantes ont à exprimer ! En connectant du matériel dernière génération, ce que nous avons déjà, à nos esprits, cela pourrait, en les reliant entre eux, nous permettre d'obtenir l'efficacité voulue.

- Ca a du sens, en effet. Je crois bien avoir pigé le système. Nous pouvons dès demain, si tu es dispo, passer à la suite. Juste le temps pour moi de régler quelques détails avec ma famille. Il ne faudrait pas qu'ils nous enquiquinent durant quelques jours.

- Je vois, tu as raison... je devrais aussi empêcher ma mère de me coller. Nous devrions ainsi pouvoir, selon les résultats, réfléchir ensemble à une ébauche pour la prochaine étape. C'est le but, tu es d'accord ?

- Je ne pourrais pas dire non, tu as vu juste ! Il serait même bon d'agir de cette manière chaque fois que nous en aurons l'occasion.

- Ca marche, alors on refait le point ce soir.

- Pas de soucis. Bonne journée, preux chevalier !

- À toi l'honneur, belle guerrière !

Elle ne se laissa donc pas prier... D'âme vagabonde, comme son compagnon aussi spécial qu'elle l'était elle-même, leurs esprits furent alors connectés pour l'éternité, aux deux sens du terme– qui semblaient en définitive n'en être qu'un -.

## Chapitre 7 : Une fin en soi ?

Quelques jours plus tard, il fallut admettre que leurs conversations s'enflammaient quelque peu et ce qui devait arriver arriva... Le moment fatidique venu, ils décidèrent alors de déconnecter leurs âmes de leurs corps, pour se réintégrer dans deux corps donnés pour morts, à qui ils voulurent offrir une seconde vie. Ce qui ne les empêcha pas d'en rire rien que d'y penser, tant l'idée semblait saugrenue, mais pas pour eux, bien au contraire ! Ils la tenaient la solution, et ils comptaient bien la mettre en œuvre.

Andy intégrerait donc le corps sans vie, auquel il avait toujours reconnu une âme, qu'il aimerait redécouvrir, celui de son père, ou devrais-je dire de mon père (vous comprendrez vite pourquoi...). Pour sa part, Eva ne savait pas encore avec qui elle souhaitait faire d'une pierre deux coups, mais peu importe. A l'instant présent, c'était de son chéri, son âme sœur, qu'il s'agissait... Et qui pouvait le savoir, elle y croyait vraiment, son tour viendrait naturellement de vivre cette belle expérience, à ses côtés ?

- Bon, alors c'est le grand jour ! Tu es prêt à reprendre vie dans le corps d'un autre ?
- Plus que jamais, on ne peut pas abandonner en si bon chemin, tout de même !
- Ok, alors let's go..., se surprit-elle à prononcer en anglais avec un léger accent écossais.

Elle avait toujours rêvé de ces belles légendes mythiques d'un autre monde, qu'elle n'avait pourtant jamais connu. Certes, elle s'était mise à lire des Fantasy évoquant la chose, mais jamais ça ne lui était venu si fort à l'esprit. Finalement, ce n'était peut-être pas anodin que cela arrivât maintenant. Par la force de l'esprit, il s'avèrerait, vraisemblablement, que ce signe la guiderait vers son nouveau corps... et bien d'autres choses, dont elle ne soupçonnait même pas la moindre existence, ou du moins elle ne voulait pas encore le savoir. Peu importe, puisque cette personne qui reprendrait vie lui permettrait, également, de se faire une nouvelle santé...

Ce serait donc tout bénéf' et donnant donnant, forcément... Quelle expérience tout de même, et elle allait la vivre avec son chéri ! La perspective d'une vie « à l'écossaise » la rendit plus enthousiaste que jamais, la culture celtique n'aurait alors plus beaucoup de secrets pour elle... puisqu'elle allait la vivre au quotidien, vraisemblablement !

C'à quoi elle ne s'attendait pas, c'était à quel point cette vie serait fantastique. Son nouveau corps, avec lequel son âme allait devoir cohabiter, ne serait pas moins que celui d'un elfe, ayant trouvé sa mort dans le Lac du fameux « Loch Ness ». Ce fut dans ce contexte là qu'ils vécurent heureux...

Dès le tout début, leur rencontre avait bel et bien raison d'être, unis pour une même cause, à travers deux êtres bien différents, qui avaient trouvé la mort de façon bien trop précipitée. Andy ne savait pas encore la vérité sur la mort de son père, pour lui porté disparu suite à un « accident de la vie »... C'est tout ce qu'on lui avait dit, raison pour laquelle il avait voulu se réincarner en lui, en quête de véritable retrouvaille avec ses origines vitales. Leur complémentarité, elle résidait dans le fait que sa bien-aimée se contenta de le soutenir, car elle n'avait pas à chercher de réponse aussi dure.

A force de se torturer l'esprit, cette aventure entre eux, ne trouva plus, à la longue, de sens que dans la réponse à cette seule et unique question. Andy ne parvint plus à se poser, devint de plus en plus colérique, jusqu'à ne plus voir en Eva qu'un besoin existentiel. Il finit alors par s'en vouloir, s'accrochant à leurs projets.

Le premier de ceux-ci, fut qu'ils devaient se fiancer. Ils s'y lancèrent tout de même, bien que ce fût « à l'aveugle », sans être trop sûrs d'eux, décidant que ça leur changerait les idées d'espérer à nouveau, et que tout pourrait reprendre comme avant. Quelque part, ce fut surtout Eva qui en espérait quelque chose : et si c'était le seul moyen pour qu'Andy fasse le pas, d'oublier un peu ce qui le faisait tant souffrir ? Ils en vivraient alors heureux comme au tout début.

Après la cérémonie, la flamme fut ravivée… Les jours suivants furent bien plus calmes, mais ça ne dura pas éternellement. Suite à un cauchemar, Andy fut persuadé d'avoir revécu dans son sommeil la mort de son père, telle qu'elle était arrivée réellement. Les tensions revinrent alors, il eut besoin d'être seul et l'annonça à Eva. Mais comme il ne pouvait rien lui cacher, les raisons qui le poussèrent à lui révéler son secret, ou plutôt deux secrets, les força à se séparer, pour ne plus jamais se revoir.

- Qui y-a-t-il, mon cœur ? Je te trouve bien triste, tu veux en parler ?
- Avant de vouloir me consoler, prends toi-même un mouchoir s'il te plaît, on ne sait jamais… Par les humeurs qui courent !
- Attends, tu me fais peur là ! Dis-moi d'abord de quoi il s'agit, et je verrais si je risque vraiment d'en avoir besoin.
- Ok. Cela nous concerne, moi et mon père, mais toi aussi… et plus que tu n'oses le croire, car en fait, cela nous regarde autant toi que moi. L'un et l'autre, au même titre que notre couple.
- Tu n'oublies pas que l'on est de jeunes fiancés, j'espère !
- Justement, c'est pour ça que je t'ai aussi demandé de prendre soin de toi en te parlant de mouchoirs. Ca évitera de devoir passer la serpillière, mieux vaut prévenir au cas où !
- J'en ai dans la poche et dans mon tiroir de table de nuit, ça devrait suffire. Maintenant accouches ! On ne va pas y passer la journée.
- Bon d'accord. Mais ne m'en veux pas si je cherche encore mes mots… C'est aussi difficile pour moi que ça le sera pour toi de l'accepter.
- Je vois, tu as besoin d'un break.
- Justement, non. Je suis déjà en break avec une amie depuis plus d'un an suite à la mort de mon père. On a préféré se laisser du temps avant de faire une connerie, sachant que je vivais non pas un deuil mais deux en quelque sorte. Au sujet de mon père, mais aussi de l'Amour avec toutes mes ex.
- Ok. Tu as peur de quoi toi maintenant ? Vu que mes craintes semblent justifiées, avant qu'on décide de quoi que ce soit, autant que toi aussi tu y voies clair. Je veux en être assurée. Ainsi, ce sera un choix raisonné et équitable.
- En fait, j'y ai réfléchi, nous n'avons que deux options. Celle du break en question, comme tu l'as évoquée, que je ne préfère pas, et celle de tout arrêter entre nous. Car de toute façon, je compte savoir si la cause du décès de mon père est bien le résultat de mon propre cauchemar, sans ton aide, en tous cas. Je ne veux pas te mêler à tout ça.
- Je peux le comprendre, même si moi à ta place je ne pense pas que ça me pousserait à rompre. Je choisirai le break, pourquoi pas toi ?
- Comme je te l'ai déjà dit il y a quelques minutes, cette amie et moi on a voulu se laisser du temps. Jusqu'à maintenant, tout allait encore assez bien entre nous pour que cette distance avec elle ne m'envahisse pas. Mais à présent, je me rends compte que cette amitié, j'en ai trop besoin. Je ne pourrais pas être en break avec elle et avec toi. Ce serait trop, tu comprends ?

- Oui, en gros tu es perdu entre elle et moi. Et quitte à crever l'abcès, un break ne serait que faire la chose à moitié alors tu préfères rompre. Sauf que je trouve ça bien immature ! On pourrait en parler avant que tu ne t'enfuis, non, tu ne crois pas ?
- J'étais certain que tu le prendrais comme ça. Mais je ne veux pas te faire subir un break non plus, ce n'est pas par pur égoïsme, très franchement. Autant être clair d'entrée, et puis cela fait déjà quelque temps que toi et moi, on sait que si on ne s'était pas fiancés, ça serait déjà arrivé. On serait déjà séparés.
- En effet, mais je pensais ne pas avoir espéré pour rien, vu la semaine qui a suivi la cérémonie, justement !
- Ben comme tu le vois, je me suis pris une sacrée claque cette nuit en constatant qu'en fait, on s'était, toi comme moi, bien voilé la face.
- En gros tu n'es pas si perdu que ça… enfin, si, peut-être, mais tu as quand-même décidé clairement. Tu as l'air si déterminé ! Moi par contre, je n'ai pas d'autre choix que d'accepter, c'est ça ?
- Désolé de te dire ça maintenant, mais oui… ça vaudra mieux que plus tard, une fois vraiment sous le même toit de façon officielle, surtout même avant d'avoir un enfant ! Je préfère, même si je n'aime pas ça, t'avoir sur la conscience plutôt qu'avoir aussi celle de l'éducation de mon prochain…
- Ok, tu as sûrement raison. Ce sera dur pour moi, mais j'ai compris. De toute façon, j'aurais dû m'en douter, on pourra quand même rester en bons termes.
- Sincèrement, j'espère que oui. Mais ça prendrait certainement des mois, voire des années. Je vais d'abord essayer de retrouver mon amie Cassidy, une fois que j'y verrai plus clair au sujet de mon père.

## Chapitre 8 - Qui est-il vraiment ?

*[En hommage à son Papa Noël à lui, le seul qui eût réellement existé et pas seulement dans ses rêves, le vrai de vrai, qui l'avait toujours aimé....]*

Depuis la naissance, il avait toujours été, en tant qu'aîné, celui qui avait causé le plus de problèmes à ses deux parents, dans son adolescence quelque peu « décalée ». Mais depuis, on pouvait penser qu'il venait de réaliser l'essentiel : le problème n'était pas lui ni ses parents, dans le fond, c'était davantage un souci de communication. Une fois l'hypersensibilité avérée comme la clef, ce sentiment d'incompréhension était clairement devenu une affaire, à régler avec lui-même, pour être mieux avec son entourage, à commencer par la famille !

*« Tu m'as remercié pour ma présence, ce n'est pas tant ma présence, mais notre réciprocité, qui a pu rétablir la paix. On a même pu trouver sans la chercher, une véritable complicité qui m'a réellement soulagé... moi qui ai longtemps cru ne jamais y arriver de mon vivant, durant des années... Nous en avons profité pendant le temps qu'il te restait à vivre, j'ai pu me libérer ! »*

En écoutant du Michael Bubblé, un peu dans une ambiance jazzi, ça swinguait d'un coup ! La belle histoire familiale qui touchait à sa fin ? Certainement pas, il n'avait pas encore 30 ans... la mort n'est pas une fin en soi, l'âme continue à transmettre à son prochain, de père à fils.

Puis passé Noël, il se sentit soudain tel un agent secret de sa propre vie, avec l'envie de se dévoiler au grand jour... Etait-ce la conséquence de ses dernières découvertes cinématographiques, ou de ce qu'il ressentit, à travers ses dernières lectures, écoutes musicales ?

Elles en faisaient partie, car né dans l'art par amour, il s'est toujours laissé porter par ce qui, pour beaucoup, paraîtrait abstrait, mais lui le distrayait... il n'y avait rien qui lui parlait autant que les résonnances créatives, de l'esprit par la beauté !

*Mais il avait tout d'abord un stage, à assurer jusqu'au bout...*

Impossible de l'arrêter en si bon chemin, vers un cru spirituel qui devrait lui-même l'étonner, en pleine réalisation concrète de son être, bien que ce fût déjà un peu le cas ces derniers temps... les résultats allaient tomber avant l'été ! M'enfin, avant ça, il y avait quand même le printemps de ses 30 ans, à ne pas négliger, il pourrait sortir les crocs... Il décida alors enfin de poursuivre sa nouvelle en « récit de vie », dans le genre autobiographie romancée, afin d'arriver au bout de son parcours de vie, du moins pour les objectifs qu'il s'était fixés, à la fin de son année de formation. Non sans encombre, il allait s'en donner les moyens, c'est certain ! Ce ne serait pas sans surprises, mais comme toujours, il allait devoir en tirer profit après une dernière grosse claque, qui lui servirait de leçon pour clôturer le tout en beauté... Restait à voir comment... Et il s'y employa hardiment.

## Chapitre 9 - La suite…

A cet instant-là de son histoire, puisque je le connaissais personnellement pour l'avoir créée, moi-même, sans aide concernant les personnages, j'aimerais tout simplement vous demander d'oublier Erwan. Il ne tenait plus à ce qu'on se le rappelle. Tout ça, simplement parce qu'Andy, vivait la vie qu'il avait décidé de se construire, non pas pour se révolter… Il avait dorénavant tourné la page, envie de faire table rase pour avancer autrement, avec ou sans celle qui allait le rejoindre dans sa vie sentimentale.

C'était en paix et uniquement pour son bien, ainsi que celui de sa famille encore en vie, qu'il souhaitait vivre, en partageant sa passion d'écrire et ses découvertes culturelles, artistiques. Il s'y attachait à chaque instant dès qu'il communiquait, que ce fût en contact physique « face to face », au téléphone ou lors de ses publications produites par extraits de ce qu'il comptait un jour éventuellement éditer, ou bien lors de ses échanges sur les réseaux sociaux. Ainsi, il allait perdurer dans l'idée que la communication était un art en soit, et que tout moyen à sa disposition était bon pour faire passer les « messages de transmission », quant à ses valeurs humaines.

A la fois secrétaire et écrivain, ça allait passer un peu pour une double vie, diraient certains. Mais pas pour lui. Et il comptait bien le faire valoir. Les deux étaient liés, l'un pour ne pas perdre la face, l'autre par conviction. En toute conscience, il savait bien que rester à la fois les deux ne pourrait durer éternellement… Il lui faudrait faire un choix, à un moment ou à un autre. Sauf que là, en l'état de l'instant du moment, il devait garder le substantiel pour vivre, sans arrêter de faire ce qui lui tenait, vraiment, à cœur.

Voilà ce qui le fit vivre à sa guise…. Après son tout premier stage de qualification, en vue d'obtenir son fameux diplôme, à l'Association des Paralysés de France, il a pu entre-temps retrouver la paix intérieure, avec toute sa famille, et la lui exprimer !

Il aurait voulu reprendre certains épisodes de sa vie de façon plus réaliste, il l'aurait prononcé avec des mots plus doux… Un peu comme si il écrivait ses propres « Mémoires », après avoir légèrement romancé son histoire, avant d'en arriver à un point crucial, qui le mène à faire le bilan d'une belle tranche de vie. Trente années tout de même, c'était quelque chose ! Mais il l'avait réalisé autrement…

En tout état de cause, finalement, il se contenta de se poser, après le dur labeur de cette nouvelle expérience acquise, qui allait le mener au bénévolat, une fois terminée sa formation.

Il put alors se rapprocher, de retour à son quotidien plus « cool », avec ses jeunes camarades, de l'une d'entre elles qui se montra très reconnaissante. Il leur suffit de quelques jours, pour s'en amouracher.

De là, il se sentit ravivé, comme si de nouveaux pouvoirs arrivaient à lui.

- Mais que m'arrive-t-il ? s'interrogea-t-il
- Salle bête, sors de ce corps ! Se surprit à répondre la belle.
- Ah donc tu vois quoi ?
- Je reconnais une voix, mais je vois un mutant. C'est flippant !
- Une voix… Ok ! J'espère que tu as toujours confiance en moi…

- Si tu es qui je crois, pour le moment oui, mais j'ai besoin d'être rassurée…
- Grrrr arrête ! La bête bouillonne là, faut qu'on se calme toi et moi.
- Alors comment on fait ?
- Je propose qu'on laisse passer la nuit, ça doit être la lune qui m'empêche de me contrôler. Dès demain, pour la prochaine fois qu'elle sera pleine, je chercherai une solution… Reposons-nous !
- Bon, si tu ne vois rien de mieux, soit !
- Je t'aime, il faut qu'on résolve ça, crois-moi. Mais pour cette fois, mieux vaut éviter que je te mange toute crue et que tu en souffres, on a l'habitude d'en faire un plaisir… Je ne voudrais vraiment pas gâcher ça, ce serait plus que dommageable.
- Ouais, dis de cette manière sauvage, message reçu mon amour… Merci, je préfère de loin !
- Tant mieux, et promis, si mes rêves sont plus sensuels, je t'en parlerai, ça pourrait nous aider à surpasser la distance, si jamais elle doit vraiment s'établir entre nous plus longtemps que prévu.

Ils s'en retournèrent alors chacun dans leurs chambres, à l'internat, comme chaque fois lorsqu'ils retrouvaient leurs camarades de formation.

Andy, tout chamboulé, resta pensif un bon moment avant de s'endormir… Sans son Eva, il se sentait comme affaibli.

## Chapitre 10 - Ce qui devait arriver

Cette nuit-là ne fut d'aucun repos. Qu'aurait-il vécu s'il avait pu réagir plus tôt ? Et surtout autrement… Malgré la paix qu'il entretenait avec sa partenaire, lui-même restait rêveur, pas toujours à son avantage. Cela le hantait, même si elle aussi pouvait être pleine d'espoir en l'avenir. C'est là que se trouvait son ambivalence, qui le rendait d'ailleurs d'autant plus créatif !

Malgré ces dernières pensées, il ne trouva pas le sommeil, se retournant sans cesse dans son lit, jusqu'à n'en plus pouvoir. Puis il finit par sombrer, sans même s'en apercevoir, vivant les pires cauchemars, avant de se réveiller en sursaut.

Ses insomnies incessantes reprirent de plus belle, comme durant son adolescence, avec en plus les effets de sa nouvelle transformation inattendue. Il comprit très vite qu'il ne pouvait nourrir la force sauvage qui était en lui, sans risquer de tuer sa bien-aimée. Une lutte sans merci, avec son propre intérieur, allait le pousser à prendre une décision : renoncer à son pouvoir surnaturel naissant, au risque de rater sa destinée, ou bien à son amour tout frais, mais plein de bons moments.

Comme s'il devait choisir entre une relative immortalité, à défendre de son propre sang, ou une vie heureuse de sentiments ravivant, le dur labeur ou la tranquillité et le confort, le dilemme commençait vraiment à le peser. Il s'assoupit un dernier instant, avant de trancher sans possible retour.

Avant que cela ne s'empire, il allait devoir sérieusement annoncer la nouvelle déconvenue qui le concernait, autant qu'elle, à celle sur qui il avait pourtant tout « misé ».

*« Pour ne pas que cela tourna à la pire tragédie, quels pouvaient être les bons mots ? Elle est bien bonne celle-là, quelle idée de se poser une telle question, à un moment aussi incongru ! »*

De là, il se déchaîna raisonnablement, progressivement…avec quelques baisses de régime, certes, mais non pas sans énergie lorsqu'il reprenait ses forces. Un vrai petit diable, quand il voulait et qu'il « pétait la forme »! C'est dans ces épisodes-là qu'il osait toujours lui adresser ses pensées, de façon plus ou moins claire.

Après quelques journées passées en avançant, malgré d'autres nuits incessamment perturbées, il finit par être pris de surprise, par ce qu'elle réalisa finalement d'elle-même. Quelque chose avait drôlement changé en lui, depuis cette nuit où il lui avait parlé du risque réel de devoir prendre ses distances.

- J'ai compris, monsieur !
- Mais quoi, chérie ?
- Ton attitude, tu te perds dans tes pensées.
- Il y a de quoi, vu ce qui est arrivé… Et la prochaine fois, elle approche. Or je n'ai toujours pas trouvé de solution rassurante.

- C'est bien ce que je pensais... Ecoute, j'ai senti venir que tu avais à m'annoncer une triste nouvelle...Mais si c'est ce qu'il faut pour que tu n'aies pas à lutter face à ton destin, cette violence qui l'est pour nous deux, sera bien plus passagère... Alors, crache le morceau, je ne t'en voudrais pas bien longtemps, homme !

- Tu as raison, je n'ai pas vraiment le choix... Il faut qu'on arrête tout, avant qu'il y ait de gros dégâts dans nos vies, puis qu'on ne puisse rien y faire. Je suis désolé, apparemment, c'est ma mission de mutant qui m'appelle !

Puis elle disparut à travers une passerelle temporelle, venue d'on ne sait où, pour ne plus en revenir... Par la même occasion, les souvenirs d'Andy concernant Eva, s'étaient quelque peu effacés.

Les jours passant, il s'en rappelait encore la nuit, mais la lumière semblait les lui faire oublier, de plus en plus fréquemment... jusqu'à ce qu'il perde totalement connaissance de ses sentiments envers elle.

Il n'oublia pas qu'elle existait, pourtant. De cette étrange impression de la connaître sans l'avoir jamais approchée, il ne put s'imaginer en aimer une autre sans la retrouver. Y parviendra-t-il malgré tout ?

## Chapitre 11 - Allez, on se reprend !

*« Finies les questions à présent, on fonce ! Les jeux sont faits, plus rien ne va, sauf si tu prends tout en main...»*

Trop de tracas, il fallait avancer... Il continuait quand même à voir un 'psy', il en avait besoin pour au moins finir avec brio son année. Il le fallait coûte que coûte, au moins qu'il s'en donna les moyens. Et puis après ce beau stage, il ne voulait pas perdre ses moyens parce qu'il avait cru vivre une nouvelle aventure amoureuse, qui durerait sans s'arrêter. Alors allé ! Il se lança quand même, mais sans elle !

Sans vouloir trop foncer tête baissée, il se méfiait de toutes celles qui prétendaient avoir leur chance, avec le beau mâle qu'il était devenu. Au début, il y parvint, elles n'en souffraient pas et elles prenaient leur chemin. Tant mieux pour toutes, cela allait les sauver même si à ce moment précis elles ne savaient vraiment pas pourquoi.

Lui, il s'en doutait, que cela allait durer ou non, il continuerait sa route. Il était juste à espérer qu'il tiendrait jusqu'au diplôme, son ultime objectif, qu'il n'y avait rien qui pusse l'en empêcher. Ce ne serait pas sans encombres qu'il allait y arriver, il le savait très bien.... cela ne devait pas l'abattre pour autant. « Allé Erwan, ne flanche pas ! »... Il entendit la voix de son père, qui, dans l'au-delà, le guidait encore. Dire qu'il ne voulait plus en entendre parler, il y a cinq ans... Voilà que maintenant, il ne pouvait plus s'en passer, c'était devenu son unique chance de parvenir à ses fins !

Il s'entendit alors, au plus profond de lui-même, prononcer à voix haute ces quelques mots :

*« Papa, je vais y arriver, tu as raison. Il le faut pour que je parvienne à gagner mon combat sur la vie ! C'est mon seul moyen de devenir et de rester un homme heureux pour l'éternité »*

Il lui annonçait tout juste, en se recueillant, sa décision de revivre l'amour, mais pas comme avant. Sa prochaine relation, il allait devoir en faire une alliée. Ainsi reprenait sa thérapie, pour aller de l'avant avec une supposée future compagne, qu'il ne connaissait pas encore vraiment, donc pas trop vite non plus. Soit elle comprendrait, soit il ou elle partirait d'elle-même. Cela ne pouvait pas se passer de manière différente. Aucune autre alternative possible.

L'hiver se terminant, le printemps approchait, tout était rose... Il passait de bons moments avec ses camarades de formation. Ils devinrent parfois amis, préférant ne pas rompre le contact. Puis il rencontra une nouvelle arrivée... Elle s'appelait Maëlis. Il fallait qu'il lui parle de ce pouvoir et de ses conséquences, avant de se risquer à lui apprendre trop tard.

Les semaines passèrent... Il commençait à se projeter une vie heureuse avec cette nouvelle connaissance, sans trop se dévoiler... Mais un jour, ils ne purent plus se le cacher, et décidèrent de l'annoncer.

*« Attendons, chérie. Tu sais que je ne dois pas faire passer un couple avant ma consécration, et je ne voudrais pas gâcher nos anniversaires. Alors ce ne sera pas avant le tien, tu me le promets ? »*

Ne sachant trop quoi répondre, elle acquiesça :

*« Oui je sais, mon loup tout à moi, mais c'est dur pour moi. On a aussi décidé que je devais me détacher de cette fragilité, pour être plus sauvage avec mon entourage, si nous voulons que ça le fasse entre toi et moi. Il n'y a pas meilleur moyen que de te faire découvrir mon chez moi, dans ma nouvelle dynamique, une fois que tu auras pu faire de même de ton côté ».*

D'un commun accord, en milieu de second stage… Ils allèrent ensemble fêter sa trentaine chez sa mère. Mais avant qu'elle le sache, il la laissa mijoter. Jusqu'au jour où ?

### *« Mon cœur, je crois qu'on peut s'arranger »*

- Tu es sûr, mon ange ?
- Oui oui, tu sais que je tiens à toi maintenant. Et je ne voudrais pas tout gâcher.
- Ok, alors dis-moi ce que tu as à me dire.
- Il ne faut pas croire ni prendre ça pour quoique ce soit, dans le sens de fiançailles qui approcheraient trop non plus entre nous. D'accord ?
- Arrête avec ça, stp ! Tu sais ce que ça risque, de nous amener à nous chamailler.
- Je voulais juste m'en assurer. Excuse-moi !
- Un marché est un marché…
- Bon, très bien. J'en reviens à ma proposition… Je m'engage à te présenter à ma mère le week-end prochain. Elle est déjà au courant et ça lui fait plaisir.
- Je prends note. Ne t'inquiète pas, je resterai discrète au sujet de mes envies. Pour le bien de ton parcours. Il ne faudrait pas trop que tu sois stressé si je déborde.
- C'est sûr, ne prenons pas à la légère les risques qui en découleraient.
- Je t'aime, et je ne voudrais pas causer ta perte ou ta déception.
- Alors, tiens-toi à cela. Merci ma chérie ! Moi aussi j'ai envie de toi… de vivre une vie éternelle avec toi. Laissons-nous juste le temps ! Les projets, c'est aussi contraignant. Et quand cela arrive trop vite, ce sont eux que l'on met en danger, ne l'oublie jamais.

Ainsi, ils semblaient avoir abordé ce qui les chagrinait, l'un comme l'autre.

## Chapitre 12 - Explosion : de la bête qu'il allait assumer

Enfin, il avait repris espoir, et au-delà de tout état de sérénité, encore jamais atteinte de son vivant… Il trouva tout à coup cette force cachée en lui, hypersensible, mais aussi avec cela, hyper réactif aux situations, qu'il avait vécues pour s'y adapter. Franchir des murs, il apprit à le faire, malgré lui, en les détruisant pour se reconstruire. Il était de ceux qui ont toujours persisté, affrontant les dangers jusqu'à en combattre les extrêmes, sans limites autres que celles qu'il se donnait à lui-même. Se sentir intouchable, il s'en convainc à présent, était une façon de se montrer vulnérable.

**« A toi de jongler, défier la bête enfouie au plus profond de ton corps, afin de révéler son âme au grand jour et qu'elle puisse s'exprimer sans révolte, tout comme tu l'as si bien réussi en fin de compte ! Il n'en tient qu'à toi de mener cette aventure à son terme, jeune loup qui ne le sait peut-être pas encore !»**

(Re)gonflé à bloc, il semblait alors avoir bien capté en lui cette belle énergie rebootante, pour virer de bord vers ce à quoi il avait toujours aspiré : une vie à la fois sereine, de passionné, audacieuse et pleine de belles réussites pour lui. En collaboration avec ceux qui le suivaient, tout en ne souciant pas de ceux qui s'opposeraient à cette voie. Pourtant, il n'oublierait pas non plus qu'on ne pouvait pas plaire à tout le monde, ce qui sous entendait qu'il fallait aussi évoluer avec les plus récalcitrants… Il lui sembla alors entendre les voix de celles que sa vie avait alors croisées, dans ses relations amoureuses, mais qu'il croyait avoir effacées de sa mémoire la plus enfouie.
Cela remit en cause des fiançailles, pour la deuxième fois en trente années de vie, mais il n'y vit pas que des inconvénients. Il attendit tout de même, avant d'en parler avec Maëlis, de mettre les choses en point. Il faudrait quand-même en discuter, il ne referait pas la même erreur.
Il décida alors de rebondir avec les avantages de ces aventures, et les rallia à sa quête de nouveauté dans des futurs projets d'écrits.
De là lui revint l'idée qu'il avait enclenchée dans sa première nouvelle peau, sous le pseudonyme d'Andy.
Son autre moi, sa conscience profonde, lui suggéra alors de communiquer avec son subordonné:

- N'oublie pas que tout projet est le résultat de tes précédentes évolutions, jamais tu entends !?
- Non mais j'hallucine, croit-il lui répondre… mais c'est sans voix.
- Je devine tes mots, en lisant dans tes pensées, lui avoue-t-elle.
- Et bien nous sommes bien partis toi et moi, dis-donc !
- Je veux juste dire que tu as cru pouvoir totalement devenir quelqu'un d'autre, mais la mémoire de la personne que tu ne veux plus être restera, à vie !

- Ne crois pas que j'ai négligé un point aussi crucial dans mon projet initial, madame la conscience, la mémoire c'est mon rayon !

- Certes, mais une partie de celle-ci m'appartient. Il va falloir t'accrocher !

- C'est bien ce que je disais… On n'est pas prêt de s'entendre, pour remédier au problème de notre " rivalité " et enfin y arriver, à la solution en commun !

- Il va falloir, toi comme moi, que chacun y mette du sien et de la bonne volonté, c'est certain.

- Ouais, pour le meilleur mais surtout en prenant les risques les plus insensés, je ne te le fais pas dire.

- Sans rancune, l'ami ! Ose-t-il prétendre.

- Sacré Andy ! Tu ne me lâcheras donc jamais ?

- Ben non, pour être toi tu devras faire avec ton passé. La clef, quand tu l'auras, te permettras de t'ouvrir à toute ta personnalité, unique, et de la vivre pleinement…. Et ton ouverture au monde sera à la hauteur de tes projets, pleins d'ambition, crois-moi !

Qu'est-ce qui l'attendait ? Il était éberlué, ébranlé… Lui qui croyait être plus « égal à lui-même » que jamais, se rendit alors compte qu'il n'en était, encore, qu'aux premiers balbutiements de l'aboutissement de son projet, le plus intensément idéalisé. Mais bien qu'il ne fût vraiment pas arrivé au bout de ses peines, ce ne fut pas sans omettre une nouvelle sinécure, qu'il s'était faite décisive, de son état d'esprit pour ne rien lâcher. Il allait en être de toute une suite de péripéties auxquelles nul ne pouvait imaginer survivre.

**« Il faut souffrir pour se relever et devenir l'un de ceux qui réussiront un jour, dans ton domaine. Se lancer dans un défi mène à en faire une prédilection. Cette dernière, trouve quelle est sa nature, et tu arriveras à tes fins les plus abouties !»**

Son ambition alors grandissante, il décida d'affronter son passé, pour en faire non plus un « ennemi », mais une composante de son bien-être, comme un ami qui existait en lui. Ses expériences en l'amour allaient devoir lui apprendre de nouvelles leçons, qui le dévoileraient au grand jour, avec des moments très douloureux. Mais il n'avait pas d'autre choix que de l'accepter.

**« Cassidy, reviens dans un autre corps, et évolue toi aussi »**

## Chapitre 13 : Mémoire et vérité

Face à la mémoire qui lui tendait ainsi les bras, en souvenir réincarné de Cassidy, il ne put vraiment plus oublier la vérité de qui il a toujours du reconnaître avoir été… Et il l'était toujours, depuis sa naissance. Cela, il n'allait nécessairement pas pouvoir s'en passer. Se rappeler de celle qu'il avait cru pouvoir oublier, avant de quitter finalement Eva, au fond, le ramenait à sa connaissance de lui-même. S'il avait des sentiments, ce n'était réellement plus pour Maëlis. Il dut alors le lui annoncer, et avoir de bonnes raisons… Pour lui, il l'aimait toujours pour ce qu'elle est, mais n'en était plus amoureux.

- Maëlis, je sais qu'on avait prévu de bien grandes choses toi et moi. Mais je ne sais pas trop comment te dire ce que j'ai réalisé depuis hier soir. On a passé un super anniversaire chez ma mère, et le tien s'annonce super, là n'est pas la question…

Puis elle ne le laissa pas continuer.

- Ouh là, je te sens arriver tu sais ! Qu'est-ce que je t'ai dit avant qu'on décide de me présenter à ta mère, pour tes 30 ans ? Je crois avoir respecté ma promesse, alors tu ne vas pas maintenant tout remettre en question, j'hallucine !
- Ok, je suis pris de cours, tout comme toi apparemment. Mais ça prouve au moins que tu sembles avoir déjà compris.
- Ce n'est pas une raison, tu vas devoir assumer et me le dire clairement. C'est quoi alors cette révélation que tu as à me faire ?
- Et bien, je veux bien quand-même que l'on aille passer tes 25 ans, chez tes parents, comme c'était prévu, si ça peut t'aider à en avoir le cœur net… Mais après, il faudra décider : soit on enchaîne rapidement, pour que ça tienne, soit il vaudra mieux rompre avant d'en arriver là. J'ai déjà fait l'erreur de rompre après ce genre d'évènements, qui ont eu lieu pour s'accrocher à un espoir, qui en fait était une cause désespérée… Ça ne se reproduira pas.
- Je vois, cette nouvelle est difficile à encaisser, je pense que tu peux le comprendre aussi. C'est un sacré changement dans ta façon de voir l'avenir entre nous, ou l'un sans l'autre.
- Il faut le reconnaître, sur ce point tu as raison. Mais c'est aussi pour ça que j'en suis arrivé à ma conclusion. Il n'y a pas d'autre mot pour qualifier ma décision, elle est définitive, mais on peut en discuter, avant qu'elle devienne l'acte de rupture.
- Euh, c'est moi ou tu viens de dire « acte de rupture » ?…
- Non, tu as bien entendu, et je crois que c'est assez clair.
- Dans la finalité, oui c'est même très net… Mais un peu précipité, tu ne crois pas ?! Ou alors, si tu le sais, dis-moi. Pourquoi ?
- On en reparlera plus tard, mais je veux bien te donner une ou deux bonnes raisons, pour ne pas te laisser sans aucune réponse. Cela te convient ?
- Arrête de jouer les Don Juan, stp ! Et va droit au but ! Je ne suis pas une gamine, et ne veux surtout pas être traitée comme telle.

- Ok, alors en fait il y a trois « bonnes » raisons. Enfin bonnes, cela dépend de quel point de vue, comme bien souvent. Mon père est décédé, ça tu le sais, et j'aimerais m'assurer d'avoir bien compris comment, même si on ne me l'a jamais dit. Je croyais m'en être assuré avant de te connaître, mais mon subconscient me fait croire qu'il n'y a toujours pas moins sûr, dans mon esprit. Et je ne veux pas que cela te fasse souffrir, donc je préfèrerai ne pas te mêler à tout ça.

- Ça ne me paraît pas suffisant, mais si tes deux autres raisons vont dans le même sens, je pourrais y trouver une réelle signification.

- La deuxième y est vraiment très liée, selon moi en tous cas.

Cette nuit, j'ai entendu ma conscience me parler, dans un cauchemar, certes, mais quand même.

- Que t'a-t-elle dit alors ?

- En gros, que si je voulais arriver à mes fins, que ce soit par écrit ou dans ma quête vis à vis de mon père, pour les relier dans un projet bien ficelé, je ne devrais compter que sur moi-même. Et aussi, que si je sentais bon de faire confiance à quelqu'un, que ça devrait être à mon père pour l'écrit, car de là-haut, il saurait mieux me guider qu'un amour aveugle.

- Jusque-là ça tient debout, même si, je ne vois pas pourquoi tu as mis tant de temps à m'en parler. La troisième raison maintenant ? Je sens qu'elle pourrait m'éclairer, sur le pourquoi tu ne m'as rien dit avant, puisque tu savais que la mort de ton père te tracassait tant.

- Alors en fait, il y a une raison pour laquelle je te le dis maintenant, et une pour laquelle je ne l'ai pas fait avant. Ce qui m'a décidé, c'est qu'on ne pouvait pas se fiancer sans que tu le saches. Et quittes à ne pas se fiancer, autant ne pas aller trop loin avant...

- Tu aurais pu alors aussi éviter de me présenter à ta mère, peut-être, non ? Mais bon ce qui est fait est fait... Maintenant, je t'écoute !

- En effet, j'aurais pu avant, sauf que la raison dont je vais te parler, ne me paraissait pas suffisante. J'ai réalisé son importance après t'avoir présentée à ma mère. Il y a une amie dont je ne t'ai jamais parlé. On a arrêté de se parler pour ne pas aller trop loin, alors que je n'étais pas prêt à oublier Eva, dont je t'ai peu parlé, mais quand-même.

- Ou est le problème, Eva tu l'as oubliée non ?

- Oui et non. Je n'en suis plus amoureux. C'est plutôt cette amie, qui est la raison que j'ajoute à notre rupture.

- Je vois, tu ne peux plus être avec moi tout en pensant à elle.

- Voilà, en résumé tu as tout compris. Je ne voulais pas te le dire, car je préférais y croire entre nous. Mais maintenant, je ne peux plus, désolé. C'est aussi pour ça que j'insistais, pour ne pas qu'on précipite les choses, car j'en étais conscient... A ce point-là, pas encore, sinon tu en aurais été avertie plus tôt !

- Écoute, je ne vais pas te faire un sermon, et toi non plus, tu n'as pas l'air de vouloir que cela se passe violemment. Alors, on va dire que ça abrègera au moins nos souffrances. Je suis forcée de l'accepter. Merci d'avoir fini par m'avouer. Ça me blesse, mais tu as eu la franchise nécessaire. Même si ça fait plus mal après tout ce temps passé ensemble, que si tu l'avais fait avant, je ne t'en veux pas vraiment.

- Bon alors, on peut considérer que c'est d'un commun accord ?

- On verra bien à la longue, mais pour le moment oui...

De longues journées s'ensuivirent, durant lesquelles il gagnait en sagesse mais aussi en passant par des nuits blanches, suivies de très courtes, puis de plus longues qu'à son habitude. Et comme si cela ne suffisait pas, sa nouvelle cicatrice --- car depuis ses six ans il en a toujours eu, mais il en est à la troisième --- n'avait toujours pas fini de lui faire mal. Alors qu'il devait bien suivre sa rééducation, il fut de fait forcé de s'arranger sur ce point, alors qu'il devrait, vu cette situation, ne pas avoir à s'en charger. C'était le paradoxe, qu'il apprit d'un de ses choix, car là l'opération avait été faite à son initiative, environ trois ans plus tôt. Pas si simple, c'était même un double effet de contradiction dans le système de santé, à ce niveau. Mais bon, pas le moment de vous expliquer... Les élections approchaient et il ne voulait pas faire de politique, sans s'y être engagé. Rassurez-vous, ça ne risquait pas d'arriver.

De retour sur sa mémoire, nous disions donc, et déjà un peu plus tôt sur ses projets, avec sa bien-aimée.... Une fois sorti en partie de cette galère, de bonnes nouvelles le revigorèrent. Le voilà diplômé en tant que secrétaire, dans le milieu médico-social, depuis deux mois et les nouvelles rencontres dans cet environnement s'annoncèrent. Si vous le connaissiez de près, peut-être qu'il vous l'aurait annoncé. Si vous pensiez aux autres, qui eux n'avaient pas forcément suivi son parcours jusqu'ici, ils pourraient être surpris davantage que vous le croyiez. Que ça leur plusse ou non, on ne pouvait pas le leur cacher.

De ces rencontres, d'abord avec ceux qu'il a un peu connus auparavant à l'occasion de son stage le plus marquant dans son évolution socio-professionnelle, il entamait sérieusement son processus d'intégration dans sa vie d'agenais. De là, il aimerait réellement ne pas avoir à déménager pour exercer son métier... Il connaissait aussi un peu, c'est sûr, les commerçants, mais c'était d'autant plus lorsqu'il retrouvait ses camarades qu'il était en plein dans son élément. De belles sorties, de bons échanges même à la délégation de l'association lors des groupes autour d'un ou plusieurs sujets et en prévision du trimestre à venir.

C'est de là que s'organisaient de bons repas conviviaux, des sorties culturelles, de loisir ou auprès des populations locales pour sensibiliser à la cause du handicap... Il y trouvait, en tant que bénévole, un réel point d'attache qu'il aurait du mal à quitter si il n'avait pas le choix... Mais en même temps s'il le faut, cette belle Association des Paralysés de France est présente partout dans le pays. Alors il ne la quitterait jamais totalement, cette nouvelle « famille » qu'il avait choisie pour le plus longtemps possible...

Passé alors de la mémoire de son vécu, à la vérité de ce qu'il voulait vivre durablement, il en fit un ensemble plus réaliste de ce qu'il était en train de devenir, pour son avenir d'adulte pour continuer son chemin personnel.

Une fois bien lancé, avec de nouvelles perspectives concrètement rendues actives et bénéfiques dans le sens de projets bien lancés, autant dans ses valeurs humaines, pratiquées en collaboration dans le domaine privé mais aussi dans sa vie active, il ne lui manquerait plus qu'une chose. Que l'amour véritable puisse durer et une fois qu'il en aurait l'occasion lui permette de fonder un foyer en famille. La vie est tout de même faite, elle aussi, pour être reçue et ensuite donnée à son prochain.

L'écrit pourrait alors, par amour de sang et de corps, s'en ressentir également... Même lorsqu'il se sentait au mieux, d'ailleurs, ce rêve ne cessait de l'emporter, à en faire même des insomnies quand l'inspiration semblait venir mais qu'il sentait un manque l'empêcher de sortir les mots comme il le voudrait. Mais il s'est suffisamment rendu compte, par ses aventures avec des partenaires qui l'ont porté avant que la rupture ne puisse plus être évitée, qu'il ne fallait surtout pas la chercher. Alors sans attendre, il comptait maintenant aller vers une vie plus stable, et si cela devait arriver, il y repenserait au moment voulu... Sans oublier qu'il devrait toujours se rappeler pourquoi il faisait tel ou tel choix. Il ne déciderait désormais plus rien sans penser à son père. Il devait coûte que coûte avoir la réponse qui le hantait tant.

## Chapitre 14 : Etrange stimulation

De son travail sur la mémoire, à partir de rêves remis dans leur contexte de réalité, par rapport à des vécus tout au long de sa vie, il se refit donc une nouvelle identité, mais sans changer de nom cette fois-ci. Ce n'était plus ainsi qu'il comptait faire, d'ailleurs il ne chercherait plus à changer quoi que ce soit. Pas plus chez les autres qu'en lui, ni à ce monde qui ne lui plaisait pourtant pas vraiment. Même pour ceux qu'il aimerait considérer comme humains, mais qui selon lui ont perdu toute notion d'humanité, il ne pouvait rien y faire, c'était plus fort que lui…

Résigné à ne pas s'en inquiéter aussi sensiblement que jusqu'à présent, il se découvrit alors une toute autre énergie, à exploiter en sa faveur. Tant pis si il n'était pas instantanément compris, il savait qu'il pourrait compter sur sa patience. Après tout, il a survécu a déjà tant de choses !… Cependant, ce changement lui fit aussi réaliser que, pour suivre la décision dans le but désiré, ce serait encore davantage une aventure, pleine de chamboulements surprenants dans sa vie. Qu'est-ce que cela pourrait encore bien provoquer dans son comportement ? Ne serait-il pas entraîné dans les décombres de ses transformations, sans en être encore pleinement conscient ? Il se demandait, finalement, ce qui lui arrivait… Il ressentit à la fois une telle poussée d'adrénaline, qu'il n'arriva pas à trouver le sommeil, et pourtant il était complètement épuisé, comme jamais auparavant…

A la tombée de la nuit, il s'évada au moyen d'un livre, qui lui changea spontanément les idées, lui faisant repenser à un film, qu'il avait déjà vu sur les loups garous. Il ne se rappelait plus le titre, comme si sa mémoire avait subi un trouble, ne lui permettant pas d'accéder à la réponse. Il se dit que ça risquerait de révéler un secret, qu'il allait devoir (re)découvrir en agissant, pas en réfléchissant, pour ne pas reproduire ses erreurs du passé.

Après quelques pages tournées, il s'endormit donc, sans le sentir… La nuit allait être de courte durée. Réveillé en sursaut par un sentiment d'inconfort, il crut alors être devenu un monstre, mais quel délire ! Impossible pour lui de rester calme, il fut pris entre l'impression d'être fou, en se faisant des idées, et celle, plutôt, de se rendre compte qu'il prenait conscience de l'importance de ce fameux livre. Il lui parut possible que ce choix de le lire maintenant le guiderait, que ce secret concernerait sa famille, qui lui avait pourtant toujours caché…

A partir de là, si c'était le cas, tout aurait alors du sens, et il l'aurait découvert de son propre gré, sans y avoir précisément pensé. N'est-ce pas ce que tout le monde souhaiterait à sa place, en fin de compte ? Le plus naturellement qu'il puisse l'être, il en ferait alors un stimulus : signe de la force qui résidait dans son « hypersensibilité », plus humain en fait que ceux qui n'en souffraient pas.

Comme quoi, il faut parfois souffrir à un point d'en subir les pires conséquences, pour pouvoir vivre en pleine conscience de qui l'on est, et s'en sortir heureux, avec cette sensation d'avoir vécu le meilleur comme le pire, sans plus avoir à s'en soucier. Et il l'aurait appris bien assez tôt, quelle aubaine ! Encore fallait-il que ce soit bien ce qu'il croyait, sinon… ben peine perdue…

Au lever du jour, son esprit alors vidé de ces questions quelque peu farfelues, commençait une journée des plus ordinaires, sans aucun indice visible de ce qui était en train de se produire, du moins le laissant deviner aux yeux de son entourage. Il put alors rentrer chez lui rassuré, ces heures à l'extérieur ne l'ont pas révélé si horrible que ça... Pour ne pas se laisser surprendre, il vérifia malgré tout le calendrier lunaire et, à son initiative, apprit que nous étions nuit de pleine action, pour les loups garous...

Afin de pouvoir anticiper et savoir suffisamment de choses à son sujet, si il était bien en phase de mutation, il se précipita directement à reprendre sa lecture, pour ne pas en laisser échapper une seule miette. Les heures passèrent, et il ne décrocha pas jusqu'à l'aube... L'effet de ne pas s'être endormi l'aurait-il tellement absorbé, que sa rage n'a pas encore pu se manifester dans son corps ??? Personne ne pouvait en dire tout ou plus, lui encore moins !

Ainsi, se déclenchèrent des sensations étranges en lui durant tout un long mois, qu'il allait vivre « entre le jour et la nuit ». Il ne pouvait, pas plus que ses amis d'ailleurs, prétendre connaître la vérité et s'imaginer que cette stimulation lui dévoilerait tout d'un simple coup de baguette magique. Il se devait d'éclaircir l'horizon qui se montrait à lui, de dégager les abysses les plus inatteignables, de les transpercer... Tout cela, dans l'unique et ultime but : franchir le tunnel qu'il allait construire, sans savoir encore vraiment avec qui ?

Rien n'est facile, tant qu'on ne s'y connaît pas un tant soit peu. Mais heureusement, il ne manquait pas de ressources et ça, il le savait bien à présent !

## Chapitre 15 : De la force des sentiments humains

Comme il prenait conscience qu'il resterait de toute façon humain, que ses sentiments, en tant que tels, évolueraient mais persisteraient à garder, en lui, ce qui faisait sa personnalité, cela le renforça. Jamais il ne deviendrait un autre, les mutations ne lui enlèveraient pas ce qu'il ressentait. Il s'en trouva rassuré, car l'amour était pour lui essentiel à la Vie, dans toute sa splendeur, riche en découvertes et en émotions toujours renouvelées.

Lui qui a toujours cru en l'immortalité de l'amour, mais pas des êtres qui en faisaient l'expérience, car la souffrance qu'ils pouvaient en endurer les contraint, à la longue, à faire des choix, bien qu'ils furent contre leur propre gré… Il se dit alors « Aimer est plus fort que d'être aimé, c'est sûr, mais justement ». Puisque l'on pouvait toujours aimer, il y avait bien, forcément, toujours quelqu'un d'autre à aimer. Cette âme pure pourrait être aimée et nous le donner en retour. Et si on ne la rencontrait pas, au moins, on allait pouvoir partager cette expérience, avec cette personne, qui dans le fond, avait de belles qualités !

On apprend tous de nos relations, on est nés pour ça, des sociétés où la communauté est le seul moyen de s'entendre, dans ce monde. Quel malheur de constater que beaucoup l'ont oublié ! Il se sentit, pour le coup, parmi les rares survivants d'un cataclysme émotionnel, qui a détruit l'humanité.

Sa mission, à présent, faire de cette particularité un atout. Il se devait de se réunir en groupe, avec quelques autres survivants, pour réveiller comme ils pourraient ceux qu'ils allaient repérer, comme étant un espoir au développement et au progrès, afin que l'humanité pusse retrouver un peu de sa dignité…

Des battues allaient s'ensuivre, il devrait user de sa sauvagerie, de son côté bestial, accepter de se transformer, dans cette guerre, contre la barbarie. Son idée que la violence et les tueries, comme derniers recours même face à des causes, ne devraient jamais avoir lieu, en prenait un sacré coup… Cependant, il fut à constater que c'était bien le moment de réagir. Et il ne voyait aucune autre solution.

*« Action ! » s'entendit-il dire tout au fond de lui, à la levée de la pleine lune.*

En transe, commençait alors le repérage, pour souder sa future meute. Son flair allait bien l'aider, il le savait très bien ! Odorat, toucher, sensibilité en voie de n'être ressentie que pour une direction, positive, dans le sens de sa quête. En soldat, à la fois homme et bête à l'instinct surnaturel, le voilà fervent leader, dans la défense des belles causes de l'existence, cadeau de Dame Nature, par son esprit et son corps.

Ainsi, il allait permettre à notre histoire, à tous, de prendre le tournant nécessaire, si on ne voulait pas causer trop rapidement notre perte. Il y aurait des sacrifices, seuls les meilleurs resteraient, et c'était bien dommage d'en arriver là. Cela dit, ce n'était pas une fatalité…

On ne put pas refaire en mieux lorsque les personnes en cause, plus ou moins volontairement, ne suivaient pas. Sans vouloir paraître élitiste, certains ne purent de toute façon pas être sauvés. Le risque serait de les laisser agir, alors soit ils cicatriseraient aux morsures, et seraient élus mais aussi « mutants », comme toute la meute, soit ils mourraient.

Ce fut un sacré choc ! Un bon repas et un peu de sommeil, ne furent vraiment pas de refus, après un bon bol d'air, tant qu'à y être… Les journées qui l'attendaient, lui et les premiers qui se joignirent à lui, promettaient d'être des plus éprouvantes, pour un bon bout de temps. Ils en sortiraient éternellement marqués, tous autant les uns que les autres.

## Chapitre 16: « Face à face », les morceaux du puzzle

Confronté à la plus grande des responsabilités qu'il allait devoir endosser, jusqu'à ne plus en pouvoir, Andy y marqua un point d'honneur, comme un ancrage dans sa vie et sa personne, qu'il s'engageait à titre d'aventure autant que d'épreuve. Il y avait du bon à en tirer, alors il ne passerait pas à côté de cet espoir-là ! Le plus dur, fut de ne pas se planter, ou alors d'en tirer rapidement une bonne leçon, pour ne pas perdre la face.

Un tas d'éléments lui semblaient encore flous, mais s'il parvenait à rallier, déjà, ceux en qui il croyait à sa mission, pour fonder la bonne équipe, ils seraient alors assez nombreux, une fois unis pour réussir, à la force de leur soutien inébranlable. Du moins, c'est ce qu'il préférait garder en tête… Ensuite, il devrait oser leur infliger la douleur nécessaire, pour toucher au but de leur donner cette force, qu'il avait en lui depuis quelque temps. Sans ça, la mission pour l'humanité, en l'état actuel, serait inéluctablement vouée à l'échec !

Son esprit s'en trouva malgré tout chamboulé. Et si aucun de ses amis n'étaient de bonnes cibles, pour survivre à cette morsure ? Se sentait-il prêt à prendre le risque de les anéantir, tous les uns après les autres ? N'y-avait-il pas un moyen d'en être vraiment sûr avant d'agir ? Et si ce n'étaient pas eux, à qui devrait-il s'en prendre, comment le savoir ? Coûte que coûte, il s'attacha tout d'abord à mener l'enquête, pour avoir au moins quelques indices rassurants.

Mais quel puzzle !

*« **Commençons par le commencement** » lui indiquait une part de son esprit, qu'il avait du mal encore à reconnaître…*

- Et si on repérait un peu ce qui a enclenché ce stimulus, qui t'a infligé la dose d'adrénaline, avant que tu te transformes subitement, comme par enchantement ?
- Ouais tu as raison, répond-il alors pour se donner plus de contenance. Et si tu me laissais parfois un peu poser les questions, ça serait peut-être plus simple aussi !
- Oh là doucement… N'oublie pas qu'on a besoin de s'entendre pour ne faire qu'un.
- Ok ok, alors j'ai besoin que tu éclaires d'abord ma lanterne, et ensuite, ça devrait me calmer, le temps de comprendre comment ça m'est arrivé.
- Voilà, et ainsi tu auras déjà la clé, pour repérer comment assembler les pièces du puzzle. Ce qui te paraît inextricable commencera à s'éclaircir. On est d'accord !
- Alors vas-y ! Voici ma requête. Peux-tu me dire ce qui permet d'avoir la certitude d'avoir affaire à un humain, potentiellement susceptible, d'être immunisé face à nos attaques, quelles qu'elles soient ? Y compris si ils se trouvent avant ça à l'agonie ? Dis-moi franchement tout ce que tu sais à ce sujet, avant que je ne sois forcé d'employer d'autres moyens, plus dissuasifs.
- Hey, mollo, on a dit stp ! On se détend, on souffle un bon coup… Et je serais en mesure de répondre sans problème. Cela te convient ?

*Par amour pour ces amis, et sa famille, il respira de toutes ses forces et réussit à se contenir, afin d'apaiser l'ambiance jusque-là encore trop tendue…*

- Allez, c'est bon, tu peux y aller, je ne m'en prendrais pas à toi. De toute façon, je ne vois pas comment j'y arriverais, on est comment dirais-je, présents dans le même corps, et pas uniquement.
- C'est mieux comme ça, merci !
- En effet, maintenant venons-en aux faits si tu veux bien.
- Entendu. Mais accroche-toi bien ! Ce ne sera pas une partie de plaisir. Tu vas devoir tester les limites de ceux qui te sont les plus chers... Eux aussi, ils vont en apprendre beaucoup sur eux-mêmes, à fortiori sur l'histoire de leurs familles respectives. Si tu trouves un lien avec la tienne, ce sera un point déterminant pour la suite. Dans le cas contraire, c'est par l'affrontement physique qu'il faudra voir, s'ils sont capables de puiser de l'énergie, là où aucun être humain, n'ayant pas la moindre chance d'être un rival, le pourrait...

Éberlué, il le coupa net.

- Attends, il y a un truc que je ne pige pas là ! Comment un ami peut-être mon rival ? Autant chercher une aiguille dans une botte de foin, c'est quoi ce délire ?!
- Zen, mon pote. Je n'ai pas dit que qui que ce soit devrait se comporter en rival. Juste qu'ils en aient la capacité. Mais s'ils sont réellement avec toi, ça n'arrivera pas.
- Bon, super ! J'en suis rassuré.
- Reste à trouver par toi-même des pistes qui pourraient nous aider. Faisons un petit tour sur le net avec les noms de famille, prénoms et lieux de naissances, de tous ceux qui te viennent à l'esprit et de leurs parents, ainsi que les membres de leur fratrie, si c'est le cas. Autant éviter de perdre du temps, quand on peut y arriver seuls, dans l'idée d'y voir rapidement plus clair.
- Je te suis. On va s'y mettre. Mais avant toute chose, si on mangeait... J'ai les crocs ! Et puis ça nous poserait un peu. J'ai l'esprit tourmenté, avec quelques calories mon cerveau ne serait plus HS. Tu connais ce genre de réaction toi aussi, je suppose ! On est tous hypersensibles avant de devenir loup-garou, non ?
- Pas tous. Mais ceux de ton rang, oui !
- Ok. Je n'ai pas encore fini d'être surpris, à ce que je viens d'entendre, mais on verra ça plus tard...

## Chapitre 17 : « Terre et Lune » - Brûlante dérision

**« QUAND LE SOLEIL DESCEND, PLACE A LA LUNE… VONT-ILS VRAIMENT SE RENCONTRER POUR ECLORE ENSEMBLE AUX YEUX DE TOUS ?»**
:
C'est en se rendant à une fête pour se détendre, qu'il compta retrouver un peu de sa jeunesse. Un peu d'esprit NATURE pour être plus MATURE, après tout ça pourrait être la clef, en se fondant dans la masse tout en restant lucide… Et pourquoi pas repérer les signes chez ses amis, qui eux aussi en auraient marre. S'ils se lâchaient comme lui, il se dit que cela promettrait déjà un bon point, pour rejoindre sa « meute ».

De cette pensée, il s'en brûlerait les doigts qu'on n'y verrait que du feu. Et s'il se trouvait suivi par ses amis, ils en riraient pour ensuite participer au subterfuge. Il aurait le temps de voir quand il sera bon de leur dire, que c'était en fait vraiment du sérieux.

**« Alors c'est parti pour le show ! GOGOGO !!!**
*Maintenant la magie doit opérer, sur terre la lune éclaire la nuit pour la fiesta, alors on bouge ensemble ! Tu as trouvé un plan d'attaque, je te félicite… entend-il encore de sa voix intérieure »*

Comme si il avait oublié la pleine fusion, qui allait se profiler en son esprit et dans tout son corps, il eut une vision de ce qu'il subirait, s'il n'arrivait pas à se contrôler. Pourvu qu'il n'allait rien se passer de suspect ! Sinon, il devrait à nouveau improviser comme dans ce rêve, dont il n'avait jamais osé parler à qui que ce soit. Qui sut s'il avait bien fait de ce côté-là ? Il risquait de ne plus pouvoir le cacher éternellement, faute de quoi une tuerie allait se déclencher et dans ce cas, plus rien à faire, il serait perdu pour de bon.

Mais pensons au meilleur dans tout ça. Quelle bonne touche d'humour allait-il préparer, pour surmonter cette épreuve dans la bonne humeur ?

Déjà, sans se poser de question, il dut s'inviter lui-même, car il n'avait rien organisé et aucun anniversaire, ce jour-là, dont il fut au courant.

*« Ah mais suis-je bête ! C'est Halloween donc forcément, direction la boîte de nuit branchée du coin… »*

Bon, il n'aimait pas ce genre d'ambiance habituellement… Mais quitte à se changer les idées, autant faire dans le nouveau.

Il se rendit donc en solo à l'heure de pointe, se disant que ses amis y seraient sans nul doute. Ils ne voudraient quand-même pas louper une si bonne occasion, de mettre le feu au plancher !? Non, c'était sûr ! A moins qu'ils arrivent avec une scie, qui clignait (des yeux) aux temps (des lumières), histoire de donner la trouille à tous les passants.

***Sacre bleu, ça allait être une soirée animée AH OUHHHHH !***

Une fois sur les lieux, il repéra d'entrée le plus déjanté de ces gais lurons. Personne d'autre n'aurait pu avoir idée de se camoufler, à la manière d'un Bad boy aussi monstrueux qu'il en avait l'air. Dans le genre GOT THE FIRE, celui-là, il devrait allumer toute la salle en un froncement de sourcils. La braise se voyait dans ses yeux, on dirait même qu'il eut deviné ce qui l'attendait. Mais comment était-ce possible ? On n'avait pas pu le prévenir ! - chacun a senti l'autre, ils se fixèrent un instant tour à tour - Aussi incroyable que naturel, il en fit alors un allié de choix. Plus qu'à attendre le moment fatidique. Il ne devait pas le louper. Face à face avec son passé, il commençait déjà à voir son avenir se profiler devant lui, à la rencontre d'une de ses vieilles connaissances du lycée.

- Hey, Diego… comme on se retrouve ! Dis, ça fait combien de temps qu'on ne s'est pas revus ?
- Toi je te reconnais, mais je ne sais plus d'où…
- Je t'ai sauvé de la folie pure, mon pote, ça ne s'oublie pas. Ni pour moi ni pour toi. Vive la liberté et les belles surprises retrouvées.
- Attends, t'essaies de me dire quoi là ?
- Hum, j'ai décidé de te faire l'honneur d'être surpris, le jour d'Halloween, comme avec tous ceux que je reconnaîtrai, pendant cette chouette soirée. On a jusqu'à la fin de la nuit pour s'éclater.
- Si tu te souviens de moi, je suis capable de tout faire cramer. Alors c'est quoi ton plan ?
- Justement, je n'en ai pas. Totale impro. Tu as une meilleure idée ?
- Oui et non. Y'a un truc qui me démange. C'est plein de méchantes bestioles ici, si tu vois que je veux dire.
- Ouais, en parlant des humains, je vois qu'ils sont plus monstrueux qu'eux, les plus sauvages des mythes fantastiques !
- Voilà, c'est exactement ce à quoi je pensais. Alors on fonce dans le tas, ok !? Pas le temps de traîner, on prend tout ce qui s'agite pour faire des étincelles !!!
- C'est du pur délire, mais je sens qu'on va bien se marrer, merci mec, j'en avais grand besoin !
- Ben tu as du le remarquer, moi aussi…

Déchaînés comme jamais, ravis de se retrouver après toutes ces années, ils se lancèrent sans savoir dans quoi, durant toute la nuit. Comme si la transe opérait chez l'un comme chez l'autre, ils commençaient déjà à ne plus faire qu'un. Mais où était la part de loup dans tout ça, et qui était le plus humain d'entre eux ? Pour en avoir le cœur net, Andy, le rescapé d'on ne sut trop où ni comment, mordait pour la première fois une cible prometteuse. Le délire prit fin, la mission démarrait sous les meilleurs hospices.

***FIN DES HOSTILITES, Diego s'était fait piégé en un éclair !***

## Chapitre 18 : Ex-pension du duo de choc !

*« Être ou ne pas être ? »*

La question ne se posait même pas... Nos accrolytes maintenant réunis pour ne plus se séparer, unis comme jamais, n'allaient pas pour autant perdre la face. Ils garderaient leurs particularités, chacun de leur côté... « L'union fait la force » ils ne pouvaient dorénavant plus le nier, c'était viscéral après cette nuit totalement cramée.

*« Pas de panique ! »*

Facile à dire, quand on savait que ce n'allait pas être en restant un duo, qu'ils arriveraient à déjouer tous les plans, qui iraient contre leur grande mission... Même Diego, qui n'était pas censé être au jus de toute cette affaire, qui était en train de se dérouler devant ses yeux, semblait bien le sentir... Sa vie en dépendrait, et elle allait changer en tout et pour tout, subrepticement. Aurait-il encore un don caché que nul autre ne pouvait avoir ? Il n'allait pas tarder à le découvrir, ou à le révéler, mais ne le réalisait encore que trop peu... Il savait simplement qu'il ne se ferait pas prier ni attaquer, une fois de plus, pour l'utiliser au moindre signe d'action nécessaire à leur quête commune.

*« Ne pas oublier de tourner sa langue dix fois avant de parler. »*

C'est certain, ils allaient devoir faire profil bas. La folie des grands jours, qui les avait soudés coûte que coûte, avait fonctionné. Justement, la seule explication plausible, persistait que ça ne pouvait se passer autrement entre eux. Ils en étaient bien conscients. Alors tout lâcher aux yeux de la foule, hors de question ! Ils allaient devoir très vite apprendre à se contrôler, à repérer leurs nouvelles recrues en toute discrétion. Ou alors faire comme si cela s'avérait possible...

Ils se mirent alors d'accord sur comment ne pas être à l'écart, en ne communiquant plus avec tous ceux qu'ils allaient croiser, tout en évitant d'éveiller le moindre soupçon. Beaucoup ont oublié qu'au fond, ils s'étaient toujours connus. Ils pourraient être suspectés, d'avoir voulu faire croire aux autres qu'ils s'étaient oubliés [ou pire encore ne savaient même pas qu'ils existaient]. Activer un plan dans l'ombre des doutes qu'ils auraient affrontés, si cela avait été su, devint une priorité. Mais non, ils ne voulaient pas passer pour des lâches, même si ils avaient un plan. C'est arrivé sans prévenir pour Andy, et il avait besoin de Diego depuis qu'il le savait. A présent ils étaient deux à devoir s'assurer leurs arrières, ensemble sans en avoir eu le choix. A moins d'abandonner tout, même l'espoir de l'humanité, qu'elle reprenne le sens qui lui était due par nature. Et puis quoi encore ?

Ils n'eurent donc d'autre alternative que de faire profil bas, la nuit, et de faire le point loin de tout regard suspicieux. Leurs journées allaient en apparence sembler calmes, toujours collés côte à côte, en renouant contact avec des personnes qu'ils avaient ignorées. Enfin, cela dépendait pour lequel des deux ! En fait, ils s'étaient séparés en deux groupes distincts, comme si un mur de clans leur avait barré la route… Mais le destin, ou plutôt, les imprévus de la vie, en avait voulu autrement. Il allait falloir tout revoir autrement.

### *« La confiance est un cadeau, on la perd plus facilement qu'on la gagne »…*

Et pour la retrouver, il fallut sacrément mettre de l'eau dans leurs vases respectifs. C'est arrivé entre eux, par nécessité et parce qu'ils en ont vu, des vertes et des pas mûres, avant de se voir à nouveau délirer comme par enchantement, alors qu'ils s'apprêtaient à sauver le monde de son propre piège…

Maintenant, pour qu'elle règne avec leurs futurs alliés, les ruses ne devraient pas manquer. Attention tout de même à y aller mollo, car la ruse une fois perçue si on en avait trop fait, cela causerait plus de dégâts qu'autre chose ! Alors la finesse, dans la bonne humeur et la complicité, au service de leurs bonnes intentions, fut de mise… Cela devait rester à jamais graver dans leur crâne, leurs nerfs ne faisant qu'un jusqu'aux veines les plus profondes. Leurs entrailles, même, s'il le fallait. D'un œil et d'esprit aiguisés, ils avaient là un seul objectif, rien ne devait les arrêter [et ça n'arriverait pas]. Garder cette acuité, était une des variantes, ils se rendirent compte qu'elle était la seule à conserver. Tout le reste n'était que perte de temps, un voil qu'on leur avait mis pour en arriver là…

### *« Le plus dur a été fait et reste à faire »*

Leur unique chance dans tout ça, sortir des tranchées, à chaque fois qu'ils capteraient suffisamment d'indices, en gardant le regard vif et la tête solide, bien sur leurs épaules avant de bondir habilement, sans se montrer agressifs. Le self-control pour la grande famille des Alpha Rodéos ! Voilà ce qu'ils allaient apprendre à gérer, chaque nuit, en « réunions réduites », qui allaient se montrer décisivement rassembleuses.

Ils avaient une règle d'or : chaque descente du soleil serait une fin de journée et le début d'une nouvelle lune, pour laquelle un nouveau loup devait les rejoindre, jusqu'à avoir la meute de choc !

Après avoir passé quelque temps en pension ensemble, ils s'étaient perdus alarmés par leurs chefs de brigade… Maintenant que les feux étaient au vert, l'orage devait se passer sur les rails, où seule leur rame devait s'en sortir gagnante. Next pour leurs ennemis, Ex-pension de choc pour ceux qui allaient répondre ardemment, de la même flamme qu'eux !

S'en était ainsi, et pas le moment de lorgner, ils y mirent un point d'honneur, dans l'ancrage de leur repère à cibles. Un PLAN était fixé : les AS tuent ceux qui sont déjà morts, dans leurs âmes sans cœur !

## Chapitre 19 : Retour(s) en fusion(s)?

Une nouvelle nuit passa, puis d'autres, sans rien de très neuf...

Les journées, sans grosses surprises malgré leurs moments d'incertitude, autant pour Andy que pour Diego, n'eurent rien de bien inquiétant. Mais plus la pleine lune approchait, plus ils se sentirent en alerte, intérieurement parlant. Leurs corps s'enflammaient, ils furent de plus en plus attirés par les jeunes nouvelles arrivantes du coin, qui venaient y terminer leurs études, alors qu'ils les avaient déjà terminées depuis bien longtemps. Enfin, pour Andy cela faisait moins d'un an, mais justement ! Il s'estimait tout jeune et frais, contrairement, par moments, à son ami.

Il n'en tint quand même pas compte, car l'un comme l'autre, ils savaient ce qui les attendait. La pleine lune devrait leur envoyer un signe, pour qu'ils pussent enfin réaliser qui serait celle qui allait les rejoindre. Ils étaient deux, et persuadés qu'il faudrait une femelle. Sinon comment se reproduire ? Alors elle allait être la suivante dans la troupe, et il pourrait même y en avoir deux d'un coup, pour ne pas éveiller de la jalousie entre eux. Mais seraient-elles des réincarnations de leurs amies en commun ? Ou l'une et l'autre amie de l'un que l'autre ne connaissait pas encore ? Ils n'allaient pas tarder à avoir réponse à toutes ces questions...

Contre toute attente, ou plutôt comme ils n'avaient pu oser l'espérer jusque-là, ce fut dès leur réveil, un vendredi treize novembre, qu'ils perçurent un déclic semblable à un coup de foudre dans la cervelle [et pas seulement, ils étaient encore des jeunes hommes pleins d'énergie]. Inutile de vous faire un dessin, je croyais que c'était clair ! Leurs amours cachés, impossibles, refirent surface comme par enchantement...

Pour Andy, ça coulait de source, à peine il commençait à émerger qu'il pensait retrouver Cassidy endormie avec lui sur l'oreiller voisin, après une telle nuit mouvementée. Il la sentait si proche, ces derniers jours, surtout depuis qu'il se trouvait à nouveau exister comme un cœur à prendre. Par « chance », il n'aurait pas à attendre très longtemps avant qu'elle surgisse à la surface. Si ses rêves disaient vrai, comme souvent à la veille d'une nuit des plus claires, elle se serait échappée d'une forêt, réincarnée en tigresse. Sachant qu'elle serait, inconsciemment, sa réaction dans telle situation, il ne douta pas qu'elle puisse être déjà en chemin pour le retrouver... Somme toute, il venait de lui apprendre il y a peu qu'il n'était plus captif d'un amour et qu'il voulait la revoir. Si ça ce n'était pas un signe, alors pourquoi aurait-il fait ce rêve-là plutôt qu'un autre ?

Il n'aurait alors pas, contrairement à son ami Diego, à révéler un secret à ce dernier.

Car en effet, le jeune portugais pouvait se soucier de ce qui l'avait maintenu endormi, avant de le réveiller en sursaut. Comment Andy allait-il appréhender la nouvelle ? Il ne savait rien des sentiments qu'il avait toujours ressenti pour Maëlis, dès le jour où elle lui avait été présentée. Mais bon, après tout c'est lui qui avait rompu, même si ce fut un peu « à contre cœur ». De toute façon, à chacun son genre. Elle s'était métamorphosée, peut-être ne la reconnaîtra-t-il pas...

Les lionnes préféraient les accents roulés avec la langue, les tigresses avaient une langue qui file droit. Pour la langue, leurs prénoms collaient mieux pour qu'ils soient en couples d'amis, dans cet ordre-là plutôt qu'autrement, en tous cas pour les deux compères « anglophones » !

La journée s'entama tranquillement, jusqu'à la pause de midi, quand les deux « mâles » aperçurent leurs « proies » de sexe opposé, toutes deux épuisées de s'être retrouvées à se courser l'une et l'autre. On aurait cru qu'elles étaient jalouses, les voilà à se battre pour Andy. Il en profita pour trancher au moment d'avouer son rêve à la concernée. Rassurée, Cassidy se colla alors à lui. Pauvre Maëlis, il fallut la consoler, vite Diego !

Voilà qu'il se lançait lui aussi à faire sa déclaration, quelle aubaine que son confident n'y ait pas songé avant lui, à se rabibocher avec celle qui lui mettait des étoiles dans les yeux ! L'occasion rêvée pour lui de mettre le grappin dessus !!!

Mais comme elles ne figuraient pas parmi les élèves, ni même installées dans cette ville, ils allaient devoir manger sans elles. Ils leur donnèrent rendez-vous à la sortie des cours, en fin de journée, pour de belles retrouvailles en « amoureux ». Pour le moment, rien ne leur serait dévoilé sur leurs intentions de meute.

L'après-midi se passa sans encombres, mais les deux jeunes se montrèrent bien pensifs, voire même évasifs. Cela n'échappa pas à leur « coach sportif », avec qui ils s'entraînaient entre 15 h et 17 h, comme chaque samedi. Aux vestiaires, en fin de séance, il vint les voir avant de fermer la salle pour faire un débriefing mental.

## Chapitre 20 : Débrief' menthe à l'eau

David, le coach, les avait donc bel et bien repérés. Ils n'avaient pas été aussi réactifs qu'à leur habitude, durant l'entraînement du jour. Et ça tombait plutôt mal ! Comme à chaque début de saison, ils avaient loupé le « test de sélection », définissant à la fois qui jouerait la saison sur le banc ou sur le terrain… Et les postes de chacun. Cette année, c'était au hockey sur glace qu'ils allaient devoir se confronter aux autres universités.

Andy était plus à l'aise au milieu, sur l'aile, mais ils avaient perdu sa « super vision » et sa patience, pour être là où il fallait, au bon moment, afin de percer la défense. Quant à Diego, il n'avait jamais joué dans la discipline du jour, mais vu ses réflexes de goal approuvés par le passé en hand-ball, il avait été assigné à ce poste pour le moment. Un total échec également pour lui… Le débrief' voulu par le coach avec eux était signe de surprise générale.

Leur déconcentration en situation de pratique physique n'avait échappé à personne. Leurs coéquipiers autant que le staff s'en étaient montrés bien inquiets. Andy, ex capitaine, durant les deux saisons précédentes, avait risqué aujourd'hui son grade. Il ne fallait pas que ça continua, il fallait reprendre confiance en lui et l'assurance qui lui valait cette position « responsable ». Concernant Diego, il avait un nom à se faire. David ne voyait plus à quel poste le « tester » la prochaine fois. Après discussion, il allait épauler le gardien en tant que défenseur-renfort, mais plutôt sur le banc comme joker. Il décida alors de lui concocter des exercices en intensif.

Sans aucune trêve de la part de l'entraîneur sportif durant les semaines à venir, la nouvelle recrue allait devoir trouver comment ne pas trop s'épuiser, les jours qui précéderaient chaque séance de « test physique ». Il se doutait qu'il faudrait être à la fois résistant, endurant et cela fasse à toute offensive…

Le prochain rassemblement de la petite meute, allait se montrer décisif, car ils ne furent plus deux mais quatre animaux mutants fantastiques, aux pouvoirs pas encore bien maîtrisés, loin s'en fallait pour les deux femelles, tout juste arrivées un peu « à l'improviste ».

Mais avant de les retrouver, les deux jeunes-hommes avaient besoin de se poser entre eux. Histoire de se rafraîchir les idées, et d'encaisser la « claque » qu'ils venaient de recevoir, ils s'installèrent en terrasse du pub le plus proche du stade. Un « menthe à l'eau » bien glacé, en cette journée chaude, ne fut vraiment pas de refus. Après l'avoir siroté paisiblement, ils s'en allèrent en forêt, où était fixé le premier débrief' des deux nouveaux couples réunis.

Soudain, une étincelle leur vint à l'esprit, au même instant, comme si ils s'étaient fusionnés spontanément. Mais ils n'en avaient pas eu consciemment l'intention. Qu'est-ce qu'il se dessinait devant leurs regards ébahis, cette vision surréaliste venait du fin fond des abîmes, quelque chose d'inouï même pour les plus avertis d'entre tous !

- Hey, Andy, qu'est-ce qui se passe là ? Et Pourquoi ici, maintenant ? Ya forcément une raison, j'espère que tu as une explication à cette décharge électrostatique phénoménale !

- Sérieux, mon ami Diego, pas le moins du monde… Je pense effectivement que ça doit avoir un lien avec ce qui nous rassemble ce soir, mais laquelle, je n'en sais fichtre rien !?

- Ok, bon, pas trop d'inquiétude non plus, hein ! Malgré tout, nous y avons survécu comme toujours jusqu'ici. Il ne peut rien nous arriver d'autre, avant d'avoir rejoint nos nouvelles partenaires, n'est-ce pas ?

- Avant, en effet, cela m'étonnerait… Mais préparons-nous à ce qu'elles aussi soient en fusion entre elles, on ne sait jamais !

- Ca marche, dans ce cas, ne tardons pas et restons dans cet état formidablement déroutant, mais qui devrait décupler nos pouvoirs. Espérons que ça ne nous jouera pas de mauvais tours, et même que nous en tirerons un avantage, si nous en avons la nécessité.

- Voilà, c'est exactement ce que je pensais moi aussi. Alors, on y va, et plus vite que ça ! Allé, en route pour le rassemblement des troupes !!!

Décidément, ce samedi-là allait rester graver dans leur mémoire, avec pour conclusion, l'une des clefs de la mission : coordonner leurs pouvoirs. Ils étaient encore loin de l'avoir trouvée, mais ça allait être le sujet à débattre.

Comment parviendraient-ils à élucider le mystère, réunissant leurs acuités accrues, hors du commun des mortels, sans qu'elles aboutissent à une apocalypse ? Et cette apocalypse, d'ailleurs, pourraient-ils l'éviter ?

Dans le cas contraire, sous quelle forme apparaîtrait-elle ?

Ces questions, allaient longtemps rester sans réponse, mais il leur fallait au plus vite de premiers indices… L'heure fut au temps de mettre cartes sur table, de jouer franc jeu les uns avec les autres.

## Chapitre 21 : Double(s) duo(s) en un quatuor

Ils allèrent donc jusqu'à la forêt sauvage, où se rencontrent les bêtes fantastiques, et tout particulièrement eux, entre amis Alpha. Nos deux jeunes loups garous, malgré leurs esprits pleins d'incertitudes, quant à la situation telle qu'elle allait se dérouler, se rendirent à la « réunion de famille» » aussi vite que possible.

Une fois bien arrivés, et cela dura une éternité selon eux... [Ils avaient pourtant été plus rapides encore qu'à leur habitude] ils ne surent que penser en réalisant que personne n'avait croisé leur route, ni que leurs congénères féminines semblaient avoir été retardées. Cela attisa leur fusion, qui prit alors de l'ampleur jusqu'à ce qu'elles arrivèrent, essoufflées, en bout de course.

Il était temps, sans ça ils n'auraient pas réussi à contrôler l'effet brulant d'électricité, qui s'émanait déjà de leurs corps ne faisant plus qu'un. Le « feu électrique », ils n'auraient jamais cru en arriver là... Andy, lui, se rappela tout de même avoir lu quelque chose dans ce genre, la veille de réaliser ce qui lui était arrivé, en quoi il s'était transformé. Etait-ce alors un signe, que sa meute de prédilection se réunissait bien là, à partir du quatuor réuni ? Plus le temps passait, moins il pouvait en douter.

- Hey, les amis ! Vous ne devinerez jamais ce que mon subconscient vient de me dire, maintenant que j'ai pu repenser à ce qui nous réunit... annonça-t-il avant d'être coupé par Diego.
- Du calme, amigo ! Tu es en train de nous révéler un truc de fou, alors que nous venons de passer à deux doigts de ne plus pouvoir nous contrôler, ou j'hallucine ?
- Ouais, justement mon pote, alors accroche-toi bien ! C'est toi le premier concerné, pour l'instant.
- Eh ben, ça sent le scoop ! Attention les filles, lui et moi on est des dingues... Surtout maintenant qu'on sait qu'on peut se retrouver à ne faire plus qu'un, avoua-t-il avant d'être repris à son tour par Maëlis.
- Ouh là, les mecs, c'est flippant votre truc ! Il vous est arrivé quoi au juste ? Et toi, chéri, je t'arrête tout de suite, ne cherche pas à en rajouter, j'espère être assez claire !
- Mais ne t'en fais pas, s'ils transfusent en un seul, peut-être que nous aussi on pourrait. Tu n'imagines pas ce que ça serait. Mieux vaut rester sur nos gardes !, lui prévint Cassidy.
- Bon, maintenant que c'est dit... Je peux reprendre ? Merci ! Je disais donc, avant que « Monsieur le révélateur de secrets » n'intervienne [blague à part]... Que cette capacité encore incontrôlée de se fondre en une seule créature encore plus puissante, est vraisemblablement la clef de voute pour que nous réussissions notre mission. Car ce que je ne vous ai pas encore dit, c'est comment j'ai réalisé que j'avais ce don de me transformer en loup-garou. C'est venu suite à la lecture d'un livre racontant les origines du mythe.
- Ok, et quel rapport ça a avec notre aventure, concrètement ?!, s'exclamèrent-ils tous ensemble
- J'y viens, pas de panique ! Lorsque je l'ai compris, je venais de lire justement un passage identique à ce qui vient de nous arriver moi et Diego.... C'est là que je me suis dit que je

devrais agir en meute avec de nombreux amis. Mais je ne savais pas encore comment repérer lesquels.

- Je vois, très fin !, répliqua son ami de collège. C'est pour ça qu'on s'est retrouvés dans cette fameuse soirée où tu m'as mordu... Un test, ou j'me trompe ?

- Oui et non. Je ne m'attendais pas à t'y retrouver. Mais en quelque sorte, c'était ma première sortie de repérage. Et j'ai cru voir en toi un énorme potentiel. Ce qui est arrivé ce soir en est la confirmation, je ne peux réaliser ma quête sans toi. Ça te va comme explication ?

## Chapitre 22 : « Ondes de chocs »

Une idée leur vint à l'esprit. Et s'il fallait qu'ils soient tous en transe, pour être malgré tout réunis à nouveau en meute, unique moyen de ne pas perdre définitivement l'humanité de leurs amies ? Après tout, en pleine possession de leurs pouvoirs fusionnés par deux, cela pouvait aussi servir d'amorce ultime, pour un quatuor de choc rassemblé en une même entité… Quelle mutation extrême dans ce cas !? Les choses allaient se présenter comme du jamais vu, un fiasco qui avait l'effet d'une belle surprise interplanétaire !

*Ils se lancèrent à la charge de cette étape essentielle de leurs ambitions. **« FUSION ULTIME »**.*

Et le « feu électrique », qu'ils avaient déjà éprouvé la veille, pris toute son ampleur. Ils n'allaient pas chercher à le contrôler, cette fois, c'était peine perdue, vu que leurs amies se trouvaient, fort probablement, dans un état aussi intense que le leur. Ce qui ne loupa pas. Comme face à un miroir, les deux duos réalisèrent ce à quoi ils pouvaient eux-mêmes ressembler, à travers l'autre. Ce fut un choc frontal des deux côtés…

- Non mais c'est quoi ce truc de dingue encore ?! hurlèrent-ils en cœur.
- Je crois qu'on va être servis sur un plateau, c'est le soir des turbulences, je le sens, que ça nous serve de leçon ! On dirait que nous sommes testés par je ne sais quelle force naturelle. Accrochez-vous, c'est parti !, se reprit le chef de meute.
- Tu veux dire… que pour redevenir « humains », Dame Nature va nous envoyer des signaux particuliers, que nous seuls pouvons percevoir ?, réagit son second.
- J'en ai bien l'impression. Vous êtes tous prêts ?
- Attendez, les gars, on est censés faire quoi ? Vous semblez avoir un plan dont nous n'avons pas connaissance.
- La fusion ultime, transformation unique de la meute en une seule chimère, déboulant en quatre mutants. Je sais, une pure folie, mais on n'a rien trouvé de mieux ! Et dans mon livre, ça n'est pas dit clairement, mais quelque chose me laisse penser, que j'ai été appelé à nous réunir, pour jouer un rôle prédominant dans tout ça…
- Et ben, ça promet d'être turbulent, on peut le dire ! Non ?
- Ouais, allé, trêve de discussions. Goooo !!!

Et ce qui devait arriver arriva… Première onde de choc : la désintégration totale de leurs âmes, pour qu'elles s'unissent en « La Bête humaine ». Le cataclysme qui allait sauver toute une planète se réalisa. Mais comment allaient-ils reprendre leur forme initiale ?

L'émulation une fois aboutie, la chimère crée se mit à s'agiter dans tous les sens, avant de filer droit jusqu'en haut d'un arbre, puis de sauter de branche en branche à travers toute la forêt. Il valait mieux que personne ne la croise, tout se détruisait sur son passage. Plus un arbre sur son chemin. Tout brula, gela, s'électrisa, un phénomène à la fois… Jusqu'à ce que le dernier arbre fut transporté vers le ciel, avant d'atterrir sous forme d'un nuage radioactif et d'exploser, en poussière, à ras du sol.

On pouvait dire que le spectacle était au rendez-vous, heureusement sans public, cette fois. Deuxième onde de choc : la radioactivité explosive les ramena à eux, l'opération avait réussi.

L'heure fut à présent au débriefing final, en préparation de la prochaine veillée. Ils décidèrent d'aller au but, ça n'allait pas être loin, pour changer… A bout de force, ils étaient de toute façon trop épuisés pour s'éterniser. La décision fut vite prise : ils obtiendraient gain de cause à eux seuls, une fois mieux renseignés, sur ce que la science pouvait leur apporter. Ils devaient pouvoir reproduire ce qui venait de se passer, à chaque instant où ils allaient en avoir la nécessité. Il le fallait, pour éviter toute mort inutile !

Désormais, ils comprirent qu'ils allaient devoir rejoindre, quitte à l'infiltrer, la communauté secrète cachée des physiciens de la NASA. Ils ne les appréciaient pas vraiment, vu leurs actions militaires, plus que douteuses, et leurs méconnaissances des phénomènes « paranormaux ». Cela nécessitait de les convaincre, mince affaire !

Enfin, ils emploieraient les grands moyens si nécessaire… Comme ils venaient de le faire quelques instants auparavant. On n'en était plus à une épreuve près… Ensuite, si cela fonctionnait, ils auraient alors un soutien de poids, face aux éventuels adversaires trop coriaces pour être raisonnés. L'artillerie lourde ne pouvait pas être négligée.

Évidemment, cela ne fit pas tout de suite l'unanimité, mais la raison revint aux récalcitrants. Aucune autre possibilité d'agir en urgence n'était envisageable, au moins pour le moment. Ils allaient devoir en découdre, ensemble, unis par les liens naturels, mais surtout par le partage et la construction d'un avenir solide pour l'ensemble des êtres vivants sur leur chère planète Terre, voire davantage encore. Encore un point qu'ils ne pouvaient, pour le moment, s'attarder à élucider. Chaque chose devait être traitée en son temps, à prendre en considération mais seulement au moment voulu.

Déterminés à s'y fier à cet instinct de survie, ils actèrent que quoiqu'il arrive, en toutes circonstances, ce pacte pouvait aussi bien être la pire mise en danger, de l'espèce humaine et de tout être vivant. Rien ne devait porter préjudice à leurs plans, sans aucune autre issue de secours. Ils disposaient de très peu de marge d'improvisation, même si tout ne pouvait être prévisible. Et ils ne le savaient que trop bien… Autant minimiser les risques !

## Chapitre 23 : Risques insensés ou raisons insurmontables ?

La meute en troupeau, un peu désorientée, devait reprendre de la bête, tout en restant humainement censée. Prise entre la raison, la survie, la vie, la mort, le cœur ou la guerre des clans, le contre choc pouvait prendre deux tournures. Soit mettre fin à leurs projets dévastateurs, pour le bien de tous, soit au contraire leurs permettre de faire un véritable ménage, où peu survivraient, mais les conflits insensés allaient ainsi prendre fin. Tout sembla se décider, quand soudain une étincelle fit frémir Cassidy. Maëlis, inquiète pour sa meilleure alliée de genre, ne sut plus où se mettre. Elle ne voulait pas que celle-ci culpabilise, tout en sachant qu'elle ne pouvait pas rester là, à rien faire pour essayer de la secourir. Car le frémissement ne cessait de croître, à chaque seconde qui s'écoulait.

- Attendez, dit subitement Andy, vous ne croyez pas que nous réfléchissons trop, alors que c'est l'évidence même qui se déroule, devant nos propres yeux ?
- Quoi, mais qu'est-ce que tu racontes ?, lui souffla son fidèle acolyte. On dirait qu'une mouche « Alien » invisible t'a piquée le sang, jusqu'à la moindre particule de ta cervelle là, tu imagines à quel point on n'ose même pas croire une telle connerie, au moins ?!
- Non non, je vous jure, c'est comme si je voyais sur le mur les reflets de ce qui peut nous attendre, dans un futur plus ou moins proche.
- Ouais ben pur délire ou réalité dévoilée comme par magie, moi en tous cas, ça me fait grave flipper ! annonça Maëlis. Quoiqu'il en soit, Cassidy ne parle plus, et ça, c'est un exploit qui devrait tous nous interroger sérieusement.
- … ne… vvvvv… ou… z… énner… vez… pas… com… ça… onnnn… on… va… vous… ent… en… dr…. eee, balbutia Cassidy en bégayant avec de longues pauses, qui poussèrent ses amis à la décrypter
- Mais qui, ou quoi ? répondit Andy, estomaqué, tu as entendu ou vu quelqu'un, quelque chose ?

*Un long moment passa, ne faisant qu'aggraver la panique de la situation, dans laquelle ils se retrouvaient tous, sans réelle issue.*

- Je c… rrr… ois qu'on n'est que deux à être cap…aaaa… bles de perc….eeee…voir… ce qui se dévoi…le direc…teeeement en face de nous, à tra…vers les murrrrs, Andy !, finit-elle progressivement par se reprendre.
- Heu, intervint Diego, c'est quoi là ce dialogue d'aveugles et de déjantés ?
- Ouais, vous délirez complet là tous les deux !, répliqua Maëlis.
- Non non, je vous assure, on ne peut être plus sérieux, fit remarquer notre héros. Aussi fou que ça puisse paraître, je crois que la magie de nos mutations est en train d'opérer, comme jamais. Comme si nos pouvoirs prenaient forme sans trop nous affecter.

- Je pense même, j'ima…gine, que cela nous révèle… (Elle retrouve presque sa respiration) encore bien plus que ce que nous avons compris, lui et moi, jusqu'ici.
- C'est à en couper les liens entre le cerveau et le corps, de nos âmes humaines au sein de nos mutations, mais ok, admettons ! Dans ce cas, on fait comment pour recoller les morceaux !?, réagit, fortement déçu et en colère, Diego.
- En effet, quel dilemme !, se renfrogna Cassidy.
- C'est ce qu'il nous reste à élucider, conclurent les deux « percepteurs ».
- Apparemment, vous êtes sûrs de capter ce qui pourrait nous arriver, dès que l'occasion se présentera, à travers des murs reflétant l'avenir. Mais avec quoi alors ? Nous ne voyons pas de miroirs, ni de spots flasheurs !
- Aussi étrange que cela nous paraisse, même à nous, c'est pourtant bien ce qui vient de se produire. Il va nous falloir, comme tu dis, un plan, pour découvrir ce qui nous envoie ces images accablantes !

Ils repartirent ainsi de plus belle, à la recherche d'une grande réponse, dans leurs valeurs qui ne cessaient de défiler devant eux, telle une quête éternelle en mission pour l'humanité. Comme si la foudre avait pu dévaster une forêt entière d'hêtres. Elle le pouvait, vraiment ! Les mouvements planétaires ne cessèrent de se manifester à partir de ce moment-là, et cela semblait pouvoir durer un temps indéfini, tant qu'ils n'auraient pas accomplis leurs devoirs de sauveteurs, de messagers, de combattants… Ils devinrent ceux sur qui le monde reposait, dans l'ombre des projecteurs. Mais en somme, ils faisaient la lumière en eux, par l'espoir dont ils brilleraient. Si ils parvenaient à élucider tous les mystères qu'ils étaient menés à découvrir, toute l'obscurité palpable dans un monde dépourvu de créativité pourrait alors à nouveau étinceler d'un bel éclat.

Comment allait se finir l'année ? Ils ne voulaient pas y penser, ce serait en douceur, ils l'espéraient plus que jamais… Mais qui pouvait savoir, après tout ce qu'ils avaient déjà surpassé ? PERSONNE !
Et pourtant, un mystère de plus semblait se profiler, ils le ressentaient, comme une vision intergalactique phénoménale.

## Chapitre 24 : Des vacances bien méritées - Comble du suspense

Extasiés par cette nouvelle révélation, ils décidèrent, avant de retourner à leur mission, d'aller se reposer un peu. Depuis quelques jours, ils n'avaient pas eu un seul moment pour eux, ne serait-ce pour se détendre 5 minutes. Il leur fallait de temps en temps « recharger les batteries ». Ils n'allaient pas s'en priver, surtout vu ce qui allait se dérouler la semaine suivante.

Heureusement, les vacances avaient démarré plus tôt cette année-là. Enfin un peu de repos !

Une fois mieux requinqués, les jeunes mutants improbables repensèrent brièvement à la manière dont ils y étaient arrivés, à cette situation inattendue… Il y avait de quoi être perplexes, à premier abord, mais l'un deux se rappela quelque chose qui pourrait tout expliquer. Stoppé dans sa pensée par les autres, il revint à lui…

- A quoi tu pensais, l'ami ?! On dirait que tu viens de réaliser un truc dément, mais qui pourrait bien tous nous aider à y voir plus clair, c'est dingue !
- Oui Andy, je n'y avais pas prêté attention sur le moment… Mais je me souviens avoir vu une lumière au fond de la forêt, avant que vous ne puissiez voir l'avenir sur un arbre… Ou un mur, je ne sais plus.
- Ah et c'était quoi comme lumière ? répondit Cassidy.
- Une couleur très chaude, entre le rouge et le jaune… Et ça semblait flamboyer ! Si vous voyiez ce que je veux dire.
- Et ben, c'est très clair Diego. J'ai même envie de dire que cela répond à nos interrogations… Comme si la lumière du feu que tu penses avoir vu, en contraste avec la pénombre, pouvait être la source de nos perceptions, au meilleur de nos mutations nous donnant « plein pouvoir », en décuplant nos sens aiguisés.
- C'est très plausible, acquiesça Maëlis. Mais Andy, crois-tu que cela fonctionnerait tout aussi bien, si on se transformait devant un feu de cheminée ?
- J'avoue que c'est tentant… Mais ce serait très risqué ! Car même si ça s'avère efficace, on serait tout près du feu. Or sans distance relative, les effets pourraient provoquer un choc dans nos petites cervelles…
- Ouais dac, enfin ça ne coûte rien d'essayer, hésita de se prononcer Diego.
- Toi alors, tu n'en loupes jamais une ! Rirent en cœur tous les autres.
- Quand il s'agit de faire des choses insensées, tu n'es jamais contre. On en reparlera, ça mérite de réfléchir… Si c'est l'unique moyen, ok, mais en attendant, nous avons encore 2 jours avant de tenter quoi que ce soit.

***Cette fois, c'était la dernière « recrue » arrivée qui trancha, jusqu'à nouvel ordre…***
***Qu'allait-il alors advenir de leur épopée ?***

Le lendemain, de bon matin, ils décidèrent de se dégourdir un peu à l'extérieur, se mettant à inventer de nouveaux jeux pour se changer les idées. La météo était bien propice aux fous rires, et c'était le temps d'en profiter au maximum. Le sol était tout blanc, il avait apparemment neigé une bonne partie de la nuit.

De batailles de boules de neige, à la confection d'un bonhomme empaillé aux allures bien étranges, ils imaginèrent une chasse au renard et autres idées saugrenues. Une belle part de leurs rêves irréalisables pouvait alors se dissiper, après s'être bien défoulés.

Une fois rentrés dans leur chaumière pour le réveillon de Noël, qu'ils passaient seuls entre amis cette année, car cela tombait durant une pleine lune, ils allèrent se réchauffer devant un bon feu de bois à la cheminée... Un soubresaut parvint alors à Maëlis.

- Ne me dites pas que vous voulez passer à l'action maintenant! Fut-elle surprise à dire.
- Pourquoi tu dis ça ? Tenta de la rassurer Diego
- Ben je ne sais pas, vous faites tous des têtes de sauvage, c'est flippant ! Vraiment...
- On ne s'en est pas rendu compte, désolé pour toi, s'inquiéta légèrement Andy.
- Bon ce n'est pas tout, qu'est-ce qu'on mange déjà ? proposa Cassidy pour calmer les estomacs enragés de ses partenaires de meute.
- Tu as si faim que ça ? l'interrogèrent-ils.
- Ben, comme si ce n'était pas pareil pour nous tous...
- J'aimerais bien faire cuire des marshmallows en dessert déjà, répondit le plus gourmand (Diego), la bouche dégoulinant de salive.
- Arrêtez de baver, on dirait que vous allez sortir les crocs et les griffes, pour vous jeter sur la moindre proie ! Riposta Maëlis.
- Ok, allons voir ce qu'il y a dans le frigo et faisons tout cuire au feu de bois, au moins ça nous occupera le temps que ça cuise, trancha le leader de meute, Alpha depuis toujours (Andy)... Allé, au boulot, on se bouge là !

Ainsi se passa calmement le repas, du moins les préparatifs... Nul ne savait encore, le 25 décembre, ce qui s'était passé, avant qu'ils aient terminé leur festin. Ils s'étaient endormis subitement, le mystère resta suspendu à leurs esprits jusqu'à la fin de la journée.

## Chapitre 25 : Noël en fanfare

Ils ne voulaient surtout pas, à quelques heures de la fin des festivités, se faire remarquer alors qu'on ne les avait pas vus de la soirée. Bien décidés et rassasiés, leurs estomacs avaient eux aussi besoin de se détendre. Discrètement, ils montèrent les marches une à une, jusqu'au dortoir de l'internat, ou plutôt de l'immense chaumière qu'on leur avait confiés, à l'écart de tout soupçon.

Cette fois, la nuit se passa sans soubresauts, du moins ils ne se réveillèrent pas subitement, aucun ne fut victime de mauvais cauchemars. Mais un domestique chargé de les surveiller fut surpris par une agitation, qu'il jugea suspecte. Lui, il n'avait pu fermer l'œil de la nuit. Mais il ne leur en dit rien, lorsqu'ils s'apprêtèrent à passer se faire propres, dans la salle de bains commune. Faisant mine de ne pas les voir, comme si il ne les avait pas croisés, il se faufila entre les murs pour préparer la table du petit déjeuner.

Chacun passa tour à tour, prenant le temps de réveiller leurs muscles endoloris. Ils sentirent bien le contrecoup de leurs efforts surhumains de la veille, avant le souper. Il fallait bien tout réhydrater. De bonnes douches relaxantes, rien de mieux pour entamer cette journée. Une fois tous prêts, ils se sourirent mutuellement.

- Alors les amis, vous vous sentez d'attaque, ou vous avez déjà tout digéré et il vous en refaut une dose ?, s'amusa à les interpeller l'homme de maison.
- Tiens, nous avons un serviteur je crois ! S'étonnèrent-ils simultanément.
- Monsieur Symboley pour votre plaisir, jeunes gens !
- Voyons ce que vous nous avez concocté, se délecta le plus jeune d'entre eux (Diego).
- Oh mais il y en a pour toute une meute !
- Comment pouvez-vous le savoir ?
- Aucune idée, ne s'hasarda le leader.
- Ah vous me rassurez... J'ai été inquiet, l'espace d'un instant.

Tant bien que mal, ils s'attablèrent tranquillement sans plus s'adresser la parole, plus un mot malgré des regards qui n'en disaient pas moins. C'était le calme plat. Un silence de plomb. Seule leur respiration pouvait encore être perçue.

Mais au bout d'un moment, leur hôte se rappela de l'évènement du jour. Il avait reçu les cadeaux à leur offrir en personne, pour éviter qu'ils croisent leurs camarades. Ne sachant pas ce qu'on avait pu leur apporter, il prit tout un tas de précautions surprenantes. Sans lui en vouloir, les jeunes sauvages se précipitèrent d'excitation.

- Doucement, vous faites de sacrés énergumènes, dites-donc ! Tachez de savourer l'attente de la surprise, si vous voulez qu'elle soit le plus profitable possible. D'accord ?
- Ouais, ok ! (bon accouche Papy, soupirent-ils)
- Celui-là c'est pour... Puis il n'arriva pas à décrypter.
- Vous allez nous faire le coup à chaque cadeau ? On n'a pas que ça à faire, Monsieur le rabat-joie ! Rirent-ils de plus belle pour éviter toute panique insensée.

- Non je vous jure, c'est comme si c'était à vous de découvrir si il vous appartient de les ouvrir, je n'y avais pas fait attention jusqu'ici.
- Je me demande bien qui a bien pu vouloir nous faire une telle farce ! estima Diego
- Ca y a qu'un moyen de le savoir ! s'indigna Maëlis
- Ah oui, lequel ?
- Euh, déjà, il ne doit y avoir que nous. Tout élément ou personne extérieur(e) pourrait nous empêcher de le voir, avoua Andy.
- J'en ai assez vu, alors soit !

Eberlué, l'homme s'avisa de simplement leur laisser les clefs, en leur demandant de bien les déposer à l'endroit voulu en repartant. Il allait en profiter pour labourer son potager, mais ils n'avaient pas intérêt à prendre la fuite, sans qu'il puisse les retrouver ni pouvoir rentrer chez lui.

Ils ne se firent, pour la peine, pas prier pour attendre. Ils savaient très bien où aller, pour avoir la réponse à leurs interrogations. La demeure contenait elle aussi une cheminée. Combien de temps cela prendrait, ils n'en avaient pas la moindre idée !? Cela dit, sans en avoir le choix, il leur fallait en avoir le cœur net au plus vite.

Devant les flammes, l'effet de la veille se reproduisit. Celles-ci leur renvoyèrent leurs images sur les écritures codées des cadeaux, comme si les éléments, à eux seuls, pouvaient leur révéler à qui ils étaient destinés. Mais qu'est-ce qu'ils allaient y découvrir ? Pourquoi leurs expéditeurs avaient voulu garder cela si secret ?

Pour le grand damne de toute la bande de délurés qu'ils étaient, ils ouvrirent donc leurs surprises respectives.

- Aïe, mais c'est dingue ! On veut nous faire du mal un jour pareil, ma parole !
- Mais qu'est-ce qu'il me dit lui ? Sésame ouvre-toi !
- Et qu'est-ce qu'il me veut lui, avec son regard qui tue ?
- Qu'est-ce qu'il te prend ? Vilain monstre !
- Je crois qu'on nous a envoyé des compagnons de route, réalisa Andy.
- Ah ben, on a gagné le cocotier, cool mon cher ! Tu crois que ton fidèle soutien va encore prendre une telle farce au sérieux ?
- Il a raison, ce n'est certainement pas un hasard vu ce qui s'est passé depuis hier, calme toi chéri !

Il leur manquait, avant toute chose, à savoir de qui leurs bestioles pouvaient provenir. Ainsi, ils y verraient plus clairs sur la raison de leur utilité. Pour cela, un seul endroit leur semblait être celui où ils trouveraient leur réponse.

Ils se hâtèrent donc d'y aller, mais il allait falloir repasser par la forêt. Dès qu'ils furent à l'extérieur, ils entendirent une fanfare, comme si des magiciens ou des sorciers avaient décidé de faire une parade de Noël improvisée. Cela promettait d'être un vrai carnaval de ribambelles, avec plein de froufrous sauvages, ou de vroum vroum fracassants, qui bourdonneraient comme des frissons à leurs oreilles. Mais ils n'en firent pas cas, ce ne serait qu'un mauvais moment à passer, le tunnel tenait bon et ils pourraient s'y aventurer, un jour ou un autre, sans trop se soucier de quoi que ce soit.

Leur belle épopée, après les festivités, avait démarré en trombe sans avoir encore été applaudie. Soudés en meute, ils avaient traversé les épreuves malgré leurs appréhensions. De nouvelles peurs survenaient par instants, mais elles s'estompaient de plus en plus instantanément.

C'est ainsi, qu'ils avaient évolué, qu'ils persévéraient et qu'ils n'allaient définitivement plus rien lâcher. Cela finirait forcément par payer ! Ils ne pensaient pas si bien avoir raison, que de bonnes nouvelles allaient s'annoncer. Non mais tonnerre de Brest, incroyable n'est franchement pas français ! D'où cette incantation pouvait-elle leur arriver si soudainement ?

Wo oh oh ! Le Père Noël n'existait pas, mais ils n'en revenaient vraiment pas quand ils aperçurent un tel arc-en-ciel, bien qu'il soit sombre en apparence. Il rayonnait de bonnes ondes. Un peu comme si les bestioles qu'on leur avait offertes pouvaient se mouvoir pour inonder le ciel. Après tout, elles étaient peut-être des lucioles !

## Chapitre 26 : L'alliance tant attendue

De ces bestioles, étaient à bien remarquer la grande particularité qui ne pouvait les confondre, avec un autre type d'être « vivant ». Ni humaines, ni animales ou mutantes, on ne les avait reconnues que bien secrètement. La prochaine étape de la mission allait donc, pour nos jeunes congénères, de devoir répondre de leur existence, en découvrant pourquoi une identité pareille était si secrète ?

Jusqu'ici les OVNIS, Ouvertement Véritables à Notoriété d'Inventions Scientifiques, n'étaient que leurs semblables. Mais à présent, ils allaient dans des sentiers battus, comme toujours, ce qui déjà les épuisaient à la longue, sans pouvoir réellement prévoir quoi que ce soit. Ils ne furent, à partir de là, que simplement livrés à eux-mêmes. Cela allait complètement devenir de la haute voltige improvisée, sans pouvoir rien maîtriser.

Les variables scientifiques, espace-temps orienté vers l'infini, environnement instable, communication défectueuse, tout pouvait se chambouler d'un moment à l'autre. Sauf que, ce n'est pas pour autant que ça allait se régler, comme par enchantement. Tout fut mis en veilleuse durant des jours, voir des semaines, ils n'en eurent pas une seconde la moindre notion.

Leurs sens mis à rude épreuve à chaque instant, finirent dans un premier temps par se déchaîner sans raisons, incontrôlables à merci et ils rentrèrent, au bout d'un certain temps, dans une transe irréversible, du moins pour un temps indéfini. Alors, aidés par cette nouvelle ère, dans leurs évolutions respectives, se fut là l'apogée, en fusion transimultanée de leurs pouvoirs en mutation, sans autre égal que les pires démons imaginables.

Un mois plus tard, tout se mit à se déclencher, ils réalisèrent enfin ce qu'ils n'auraient pu percevoir à aucun autre moment.

- Mais qu'est-ce qu'elles nous font là ces truies sans nom, à s'agiter de plus belle, comme jamais jusqu'à présent ?
- A qui le demandes-tu, chéri ? Je suis moi-même dans un état de choc frontal, tu n'y croirais même pas toi-même si tu le vivais avec une autre que moi…
- Euh Maëlis, tu te rends compte-là, que toi non plus tu n'as pas l'air d'y croire ?
- Ouais bon ok, ça va ! Lâche-moi un peu stp ! Tu veux bien M. Le sudiste des Andes ?
- Tiens, c'est nouveau ce petit surnom ! Toi aussi tu entames la danse des truies en pleine mutation électroniqueuse ?
- Wouahou, il va y avoir du sport on dirait ! S'en amusa Andy.
- Toi, M. J'me prends pour le chef, calmos ! Ou c'est toi qui deviendras bouffon à la place du Roi. Ok ? Et Cassidy, ne t'avise pas de te ranger de son côté, ou ce n'est pas les truies que je vais bouffer, mais ton sale derrière de putois, drogué à la marinade de je ne sais quel parfum nauséabond !

Puis arriva un mystérieux bonhomme venu de nulle part, qui leur adressa un sourire narquois, sans se rendre compte des dégâts qu'il allait subir. Le suspense à son comble, il débarquait de l'au-delà pour nos amis déchainés à la merci de leurs pouvoirs, sous aucun contrôle possible de qui ou quoi que ce soit qui leur passerait sous la main.

Attaques frontales, chocs collatéraux, prises de catches et de kungfu, tout y passait. Sans que personne n'y comprenne rien, pas une miette ni même une poussière de leurs assaillants ne persistait. Toute trace de leur passage en cet endroit, indéterminé, ne semblait pouvoir être repérable, même avec les objets ou outils les plus sophistiquées connus dans toute la galaxie.

Et pourtant… Ce fut le suspense tout à son comble, que la NASA se dévoila sous leurs yeux.

Allait-elle être la clef du dénouement ? Ils ne pouvaient pas en être sûr d'emblée, avant d'avoir fait leur enquête, mais aucun plan n'avait pu être établi. Dépourvus de raisonnement humain ou animal, il leur fallait une explication rationnelle, là, sur le moment.

Mais impossible, alors ils finirent par accepter et prendre leur mal en patience.

- Bon, je crois qu'on va pouvoir enfin y voir un peu plus clair.
- Ouais, si tu le dis. J'me demande bien comment… Grrrr
- Ahouh ! Attention, elle se met à réfléchir, quel scoop vous avez-vu ça ?
- C'est clair, ça se fête quand-même ! Mwahahahaha
- Mais qu'est-ce qu'il vous prend tous les deux ?!!! hurla Cassidy
- Ben quoi ? On peut rire un peu non ?
- Ben voyons, les femmes peuvent aussi avoir un cerveau, non mais ! Faites gaffe, ou j'vous casse les dents, capiche !?
- Oh oh ! Attention, la tête pensante a des massues à la place des os messieurs !!! Se surprit Maëlis. Bouh !
- Même pas peur, tu vois…

Enfin calmés, ils prirent un bon repas en guise de trêve et purent se défouler encore un peu, sur leurs punching box de déménageurs avant de s'épuiser, à bout d'énergie.

Malgré tout, un tas de questions persistaient, plus ou moins sans importance particulière, mais tout de même…

Sur quoi allaient-ils dormir ? Comment trouveraient-ils un sommeil récupérateur ? Et la semaine prochaine serait-elle plus calme ? La suite, sera-t-elle au rendez-vous ? Quelle suite et quel rendez-vous ? Qu'est ce qui était plus ou moins prévisible, probable, possible ou même envisageable ?

Comme toujours, nul ne semblait s'en inquiéter, hormis les « héros d'un autre temps ».

## Chapitre 27 : Un plan douteux mais avaient-ils le choix ?

Ils ne croyaient pas vraiment en la chance, mais quand-même en guise d'opportunité, ils ne voyaient pas non plus quoi d'autre se mettre sous la main, que ces insectes robotisés. On pouvait bien se demander pour quoi ! N'est-il pas ?

Franchement, en voyant de tels militaires, parmi les humains, ils avaient tout de même du mal à se dire qu'ils pouvaient tomber sur pires machines de guerre... Les tueries, les doctrines, les manipulations qui en découlaient, même les sectes au paroxysme du pacifisme étaient dénuées d'humanité.

Alors il était peut-être là le tournant, revenir aux premiers êtres vivants, ou ce qui s'en approchait le plus possible. Ainsi, ils purent repartir sur un nouvel espoir, à partir duquel ils pouvaient compter à nouveau sur leurs forces avant leurs failles. Et ce n'était surtout pas l'un de ces systèmes d'organisation alambiqués, qui allait les arrêter dans leur nouveau plan.

Malins comme ils étaient, ça allait sûrement paraître douteux, mais certainement pas à leurs yeux. Une embuscade hors du commun, de la pure folie en total décalage avec le monde, tel qu'il avait été créé tant par les manipulateurs que par les endoctrinés, et il y en avait encore davantage que des mantras, mais ils étaient encore plus perdus car affaiblis par les dominateurs.

Et bien en parlant de domination, justement, c'est là que leur plan faisait mouche, puisqu'il s'agissait d'insectes. Car eux n'étaient ni dans un clan ni dans l'autre... La vie n'était pas teinte de blanc, de noir et pas même de gris. A chaque moment son humeur, ses joies et ses bonheurs autant que ses horreurs et ses peines. Ils étaient d'ailleurs parmi les mieux placés, à défaut d'être les seuls, à l'avoir pleinement réalisé.

C'est là qu'ils se rendirent compte de leur plein pouvoir, sans avoir à dominer le monde, mais par leur clairvoyance. Ils ne s'étaient pas laissé aveugler !

Alors même face à des insectes, puisqu'ils étaient robotisés mais pas eux, ils avaient toutes les chances d'y arriver. Il suffisait simplement d'y croire, alors ils décidèrent de foncer dans la station MIR la plus proche, à la reconquête de l'humanité. Tels des conquérants dignes des grandes épopées qu'avait connues le monde, pour n'en citer que quelques-uns parmi les grands artistes, ils imaginaient déjà ce que seraient leurs témoignages écrits de cette aventure... J.K. Rowling ou Tolkien, selon les générations, ils en avaient tant lus, avec un enthousiasme passionné sans équivalent. Diderot et d'Alembert, on les leur avait rabâchés à l'école, à un point que leur mémoire ne s'en était jamais totalement débarrassée. Stephen King dans l'horreur ou Grangé dans le genre thriller tranchant, ils en avaient eu un peu la frousse, mais plus maintenant !

Leur heure de grande gloire venait de sonner, plus rien ne les arrêterai. De leur inventivité face aux mutations du monde, voilà d'où venaient certainement leurs pouvoirs surhumains. C'était la clef de leur quête, comprendre les bonnes raisons pour en faire des valeurs, sans plus aucune faille, même au-delà de l'inimaginable.

Et tant pis si ils n'y arrivaient pas, à leur but, ce serait simplement une question de temps... Ils n'attendraient plus afin de se donner les moyens, et que cela se passe sur terre ou une autre planète, même en dehors de l'univers ou de la Galaxie, il fallait coûte que coûte saisir cette opportunité de refaire tourner la terre un peu plus droit. Qu'elle fût ronde ne l'empêchait vraiment pas. Même certains gros humains se montraient plus respectueux, envers l'humanité, que les grands minces. Petits et gros étaient mal vus, mais au moins, ne le reprochaient pas systématiquement au monde entier, car avec leur physique, ils avaient intérêt à rester discret. Leur nature respectueuse ne pouvait donc que difficilement, voire carrément pas, partir à la dérive.

Cela les menait en parallèle, à une toute autre question : pourquoi les plus faibles étaient-ils en fin de compte toujours les moins idiots ? Que ce fut au cinéma, ou dans n'importe quel autre média, on se moquait plus ouvertement des moins prétentieux. Pas que la moquerie ne fut pas une généralité de la bêtise humaine, mais on se tenait légèrement plus à carreau, devant un dirigeant d'un mètre quatre-vingt-dix, plein de muscles, que devant un petit gros graisseux. C'était une affaire réglée depuis si longtemps !

Pourtant, ça n'avait pas toujours été le cas, bien au contraire. Et le destin allait leur rappeler, avant même qu'ils n'en fussent bien conscients…

## Chapitre 28 : Pouvaient-ils vraiment en être sûrs ?

Décidément, comment être sûr de soi d'entrée, alors qu'ils venaient de débarquer chez les zoulous d'un pays inconnu, où tout le monde mangeait au Mac Do, plein de gras et dont le Président de l'Union de tout un continent, était lui-même un gros plein de soupe et de blé ?

Quelle calamité, Jane !, aurait répondu le célèbre cowboy dont ils avaient entendu parler, sans en connaître le nom par cœur. De toute façon, les westerns avaient fait leur temps apparemment. Là-dessus, ils semblaient sûrs de ne pas se tromper.

Mais voilà, les zoulous américains, on les appelle les Texan. Même à la campagne, la domination des industries agroalimentaires tournait à pleins pots, au sein de l'Union dominatrice. Mais pourquoi donc ?

- Je crois que personne n'a pu voir venir que le monde commençait déjà à ne plus tourner rond, mais à filer droit à la catastrophe !, réagit un acteur qu'ils connaissaient, mais qu'ils croyaient mort depuis deux décennies.
- Euh pour qui vous prenez vous, Monsieur ?! Ce genre de déguisement est dépassé en de telles circonstances, veuillez retourner à vos postes de télévision, si vous voulez garder en souvenir ce genre de célébrités oubliées…
- Non, non Ms'ieur l'Agent d'Etat Civil !, répliqua Diego. J'vous jure que nous on ne l'a pas oublié, c'est notre idole, personne ne pourrait nous tromper sur son identité !
- Ouais, confirma son frère de cœur, j'avoue. On va lui poser quelques questions, c'était le protagoniste de notre sujet d'invention pour le bac de français. Attention, c'est parti pour la bataille Navale entre les cowboys et les titans !, se mit-il à rire en se rappelant de tels souvenirs, ravivant sa jeunesse spontanée.
- Ah les jeunes de nos jours, ils ne sont plus ce qu'ils étaient… pensa tout haut M. Fil Long qui passait par là.
- A qui le dites-vous, répliqua Stay Alone, l'acteur en question. Mais ce n'est peut-être pas une si mauvaise chose, comme vous semblez le croire.
- Je ne me permettrai pas, se renfrogna celui censé être le plus diplomate des deux.
- Ah bon et pourquoi donc ? Vous semblez avoir oublié une chose dans mes répliques de film. D'ailleurs c'est celle que j'assumais le mieux, car j'étais vraiment dans mon élément là au moins…. Comparé à ce que le cinéma persistait à me faire passer comme message.
- Je ne vois pas de quoi vous parlez, encore des foutaises pour vous faire valoir une aura dévastatrice !
- Désolé de vous importuner, M. le Prince Minister, mais je dois vous dire que vous me décevez. J'avais senti le monde partir dans la mauvaise direction, cela dit je suis étonné de voir à quel point ! Soi-disant passant, cette réplique je vous la récite. Pas si difficile de m'en rappeler vu qu'elle était de mon initiative, j'ai improvisé sur ce coup-là !

*« Vous êtes très fort, mais tant que je serais en vie, vous ne serez jamais plus que le second ».*

Ils terminèrent ainsi chacun leurs débats, bien différents au fond malgré le mode d'échange établi, sur un « qui termine à tort ».

Et ils reprirent chacun leurs quartiers… Chacun avait compris qu'ils ne menaient pas la même bataille, mais qu'il y aurait malgré tout un grand vainqueur, et le pire des perdants que le monde n'eût jamais connu.

## Chapitre 29 : Stay Alone et les Mutants

Ainsi, le conquistador du cinéma et nos mutants surnaturels, ralliés à la même bataille, allaient pouvoir agir de concert.

D'un côté une Star prise pour morte, dont on pouvait penser qu'il en était de la pure folie humaine en termes d'invention, alliée de l'autre à des êtres crus inexistants. Les mythes allaient surgir dans le monde, face aux miteux engendrés par un système bien limité, en termes d'évolution.

De ses armes, son artillerie lourde, avec l'alliance des insectes robotisés parasités par les pouvoirs de mutants surentraînés, Stay Alone se mit à voir les choses en grand. Il allait enfin réaliser son grand rêve de partager des mots tels qu'ils sortaient, sans avoir à se demander s'ils allaient être conservés, pour la production d'un film sans intérêt particulier. L'union de deux entités différentes, avec un partenaire commun, cela semblait pourtant impensable. La quête d'une même mission, pouvait-elle vraiment être menée par des êtres que tout opposait, guidés par des raisons sans aucun lien apparent ?

Sortis de l'auberge, après la transe météorologique, ils décidèrent de se balader en forêt…

Et pourtant, l'orage une fois passé, on a beau dire que l'on revient au calme, ils n'allaient pas revenir de ce qui les attendaient, à quelques mètres de là. Mais pour le moment, rien ne semble pouvoir les déranger dans leur petite virée détente, entre jeunes conquérants en quête de grands projets, sur leur planète terre retrouvée.

Ils étaient sortis de la tempête provoquée par leurs multiples mutations, vécues de plein gré à certains moments de leurs petites vies, après les avoir subies afin de réaliser qu'ils devaient agir pour l'humanité. L'orage a suivi au lieu du calme, c'était juste une question d'ordre des choses un peu dérangé à leur propre initiative, pensaient-ils !

- Hey Andy, regarde ça ! remarqua Diego
- Ben quoi l'ami de petite guérilla ? Qu'est ce qu'il y a, tu as vu une vache courir après un buffle ou quoi ?
- Non non, ce n'est pas un croisement animal fantastique cette fois-ci, mais la météo est magnifique !
- Ah oui, tu parles du ciel, excuse-moi, ce n'est pas la 1ère chose que je regarde de bon matin… Plutôt la nuit avec mes yeux de taupe, si tu vois où je veux en venir, rappela-t-il en souriant aux éclats.
- Ahah trop drôle ! Vous n'en loupez vraiment pas une tous les deux, pas un pour rattraper l'autre ! Bon Diego, que se passe-t-il dans le ciel ? On vient de passer par les éclairs, puis au lieu du calme se fut la tempête, qu'est ce qu'on peut voir d'autre, à part une hallucination ou des pluies acides, après tout !?
- Justement chérie, tu ne crois pas si bien dire en parlant de pluies acides… hésita-t-il un moment à annoncer
- Bon il accouche ton déluré là !?, s'offusqua la nouvelle fiancée d'Andy
- Ouais c'est bon toi. Tu crois que parce que tu vas épouser l'empereur, tu peux te permettre de me presser le citron dans ma soi-disant petite cervelle ou quoi ?

- Bon euh calmez-vous les amis là ! Et chérie il a raison, laisses-lui le temps de nous expliquer. Après tout, s'il l'a vu et pas nous, ce n'est pas une raison valable pour qu'il ait pu obligatoirement en être sûr, d'avoir réalisé ce qui se passe.

- Merci Andy ! Tu as en partie raison. Mais j'ai quand-même cru voir des acides colorés sortir des nuages, en crachant de la pluie. Un peu comme si les étoiles s'étaient décomposées de leurs éclats un par un, pour former un Arc En ciel de vapeur, car il ne pleut toujours pas... Donc pas d'eau liquide.

- Ok. Vu ce qu'on vient de vivre, depuis notre épopée de petite armée qui veut sauver l'Univers, ça ne paraît déjà pas si impossible que ça. Maintenant, d'où pourraient venir ces vapeurs alors, d'après toi chéri ?!, le questionna Maëlis.

- J'ai mon idée là-dessus, bougonna l'illuminait de la troupe. Ne t'en fais pas pour ça ! Mais c'est plutôt une affaire entre hommes... J'en parle à part avec mon frère de cœur et de mutation, et on met tout ça en plan tous ensemble en réunion, ça te va ?

- Euh attends, Dieg', pourquoi tu t'emportes comme ça là ? Tu veux tous nous faire flipper, encore une fois ! Franchement, tu t'y prends de plus en plus mal.

- Pas vraiment, tu comprendras après notre petit intermède, je t'assure. Crois-moi ! (et il se mit à chuchoter à l'oreille de son acolyte)... C'est un peu un retour aux moments de notre scolarité, avant même qu'on sache que l'une ou l'autre de nos gadjis pouvait exister, si tu vois ce que je veux dire.... Une bande de gangsters qui a voulu me défoncer, croyant que j'étais sorti droit de l'asile, dans mes excès de pyromane. Tu te souviens, non ?

- Ouais je vois... (Puis ils reprirent plus fort pour ne pas trop éveiller les soupçons).

- Bon les filles, faut qu'on y aille ! Stay Alone nous appelle. Andy Capé ou Warhol, allié de Diego Maradona ou Diego San Luna, peu importe. On a une mission de toute urgence... On va le rejoindre pour résoudre la première partie de l'énigme et on revient, dac' ?

- Si vous le dites, nous on va préparer la carte au trésor, comme si les poules aux œufs d'or pouvaient risquer de débarquer...

Les deux groupes du genre humain-animal séparés rejoignirent ainsi leurs quartiers de jeunesse délurée. D'un côté les gangsters, de l'autre les belles mannequins pas trop minces, mais bien gonflées aux hormones de l'esthétique chirurgicale... Sauf que pour eux, quoi que l'on puisse en croire, c'était un retour aux sources, pas une évolution de la société qu'on leur avait imposée.

En fin de compte, ils ne désiraient qu'une chose : utiliser leurs pouvoirs, pour remettre un peu d'ordre dans tout ça. Ils n'allaient pas se faire prier, pour agir de suite et sortir les grands moyens. Toutes leurs mutations leur avaient bien appris à ne pas s'arrêter devant quoi que ce soit. Ce n'était pas cet Arc En Ciel, qui allait les empêcher de réaliser leurs rêves les plus fous.

## Chapitre 30 : Place aux festivités

Ainsi retrouvés leurs délires pleins d'énergie, en quête de la bataille finale qui allait ramener de l'humanité chez les gangsters, ils se retrouvèrent à une Soirée fiesta pleine d'artifices ! Comme un souvenir de 14 juillet.

Mais ils étaient dans une rue de cité dans le 93, et Andy n'en crut ni ses oreilles ni ses yeux, lorsqu'il vit son ex beau-père lui rappeler que sa fille n'était pas stable…

Les deux jeunes hommes voulaient régler leur compte, avec une bande de délinquants de pacotille et il fallait que l'un d'eux soit M. Came Soubra, le père d'Eva. Elle n'avait vraisemblablement pas oublié de se réincarner, sous des airs d'elfe illuminée.

- Euh, là, on est dans l'caca je crois !
- Ah oui, tu es sûr !?
- J't'assure, ce gars, il a failli me faire péter les plombs…
- Ben faut croire qu'il les a récupérés, tes plombs, il en est chargé à bloc justement, tu vois !
- Attention ça va faire des étincelles les mecs !, lança le chef de bande.

A deux, ils se demandèrent sur le moment s'ils allaient pouvoir rivaliser, avec ces demeurés venus directement de l'enfer.

- Attends, je crois que nos alliées débarquent à la rescousse. Yeah !
- Tu veux dire les filles ? J'comprends pas. Elles sont censées être au bal masqué.
- Ben, vu leur tenue, ça le ferait aussi remarque !

Puis il se retourna et ils pouffèrent de rire un bon coup.

- Salut, nous revoilou !
- Et on n'est pas revenues seules, comme vous le voyez.
- Ouais, ben figurez-vous, les filles, que nous sommes au courant depuis un moment que vous reviendrez accompagnées. Par contre, ce qui est surprenant, c'est que ce soit avec ces insectes illuminés. Quelle bonne idée avez-vous eue qui ait pu les décider à vous suivre ?

Les insectes robotisés avaient donc pris leurs responsabilités, eux aussi. De bons augures.

Car une mouche qui allait piquer un fou, ne pouvait que lui attirer l'attention, pour détourner de son regard le plus malin de toute une troupe. Alors une armée toute entière de bourdons survoltés, cela ne pouvait que donner du fil à retordre à leurs opposants.

Cependant, pris d'une migraine à force de rebondissements, imprévus pour leurs cerveaux surmenés, face aux électrochocs émotionnels, depuis un bon bout de temps, ils se sentaient encore une fois à bout sur un fil, à deux doigts de lâcher.

Mais comme à leur habitude, ils échangeaient quelques mots, pour se redonner bonne conscience. Et l'elfe qu'était devenue Eva pourrait bien leur servir, mais ça ils ne le sauraient que bien plus tard si tel était le cas…

- Cette migraine a-t-elle vraiment eu raison de moi ?

- Mais non l'ami, pas plus de toi que de qui que ce soit ! Nous sommes tous en vie, y a une raison, c'est que nous devons terminer notre mission !

- C'est clair, nous n'avons pas d'ibuprofène, ni d'effet anti rage de dents. Par contre, nous avons des robots surnaturels.

- Et alors ? Comment pourraient-ils nous soigner, s'ils sont déjà occupés à faire diversion ?

- C'est peut-être pour cela qu'Eva est réapparue Amigo, tu n'as pas remarqué quelque chose de différent en elle depuis la dernière fois que tu l'as vue ? Qu'est-ce que ça doit remonter, dis !

Puis la magie des bourdons butineurs opéra. Ce fut un peu comme si le miel de leur ruche, scientifiquement poussée au summum de l'évolution naturelle des choses, avait adouci les mœurs. La migraine s'envolait progressivement comme par enchantement, au fur et à mesure que le pollen agissait. La lumière de l'elfe resplendissant, véhiculatrice de magie bienveillante sans que cela ne se voit à l'œil, apparut sous son meilleur jour.

La douceur ainsi propagée autour d'eux, les insectes volants avaient vaincus sans tuer personne. A peine cette partie terminée, tous purent alors dormir en paix, sans nausées.

Comme quoi quand on avançait, même à la St Valentin, la rupture ne nous arrêtait pas. On s'en servait d'expérience. On ne comptait pas le temps que ça avait duré, car on vivait malgré tout.

Ils ne semblaient même plus se rappeler qui avait été leur principale cible, prophète en son genre. Car lui aussi s'était métamorphosé, en passant de l'autre côté.

La magie noire des gangsters du 93 n'avait pas pu se manifester au grand jour, par lequel la nature avait eu raison, en s'alliant aux sciences modernes.

Mais qu'en était-il advenu du célèbre acteur, dans tout ce merveilleux bordel ? Le doute, la peur, les appréhensions, les craintes... Ils en avaient portant gravies des montagnes, des sommets, des gratte-ciels d'une certaine manière également... Mais un allié de taille était aux abonnés absents, et cela, s'ils ne le récupéraient pas, pouvait leur coûter horriblement cher !

Alors que faire ? Reviendrait-il lui-même ? Fallait-il simplement être patients ? Ou bien tenter l'impossible pour le rejoindre ?

## Chapitre 31 : Mission Stay Alone with US Army

En quête de pouvoir par les mots, il s'était aventuré à la recherche d'une légitime défense avant de se lancer à l'assaut des baragouineurs commerciaux. Son nom lui indiquait d'être discret, d'agir seul en totale indépendance, mais « Stay Alone with US », il trouvait déjà que cela sonnait bien. Il en fit donc son slogan, en se disant que ce n'était là qu'un début dans sa créativité linguistique quelque peu loufoque.

En guise de défi, tel un conquérant qui prétendait se rendre aussi utile dans ses missives de conquête que Napoléon était un fin stratège dans ses batailles. Pour cela, il savait que ce dernier n'aimait pas la langue des anglophones, qu'il haïssait plus que tout, de même que le recours aux navires. Il ne se fit pas prier pour en faire un pied de nez, il était tout de même américain, pas français !

Pour ne pas rester seul, mais avec encore plus d'alliés avec qui il allait rejoindre ses « jeunes amis de guerre » avec des moyens décuplés, il se rendit donc en lieu et en heure à une réunion de la NASA : National Army for Scientific Assistance. Ils y abordaient justement le thème de la pacification du système par les eaux. Une réflexion pour cause qui arrivait à point levé.

Arrivé « à bon port », et il sourit en se rappelant l'expression en de telles circonstances, il écouta tout avec attention, ne voulant pas louper une miette des stratégies menées par l'élite mondiale de la recherche. De nouvelles solutions étaient à l'étude pour les civilisations en place et à venir dans les futures générations.

Puis soudain, il se fit repérer et accueillir comme il se devait. Pas véritablement comme un intrus dangereux, mais pas non plus comme le bienvenu. La courtoisie était simplement de rigueur, avec un semblant de diplomatie pas vraiment franche.

- Hey, je crois que nous avons un invité surprise, acclama Don All Trompe, ouvrons grand nos bouches pour bien lui faire entendre ses droits et ses devoirs… Vous voulez bien ?!
- No problem, Sir, mais il me semble bien évident qu'il me rappelle quelqu'un qui incarne la force sur nos écrans. Même si je me souviens qu'il est porté pour mort, cela pourrait bien nous être utile devant la presse qu'il prenne part à nos débats.
- Good, vous avez l'œil, en effet. Soit, qu'il reste parmi nous et nous aviserons selon son comportement ce qu'il en adviendra de lui à la fin de cette réunion.
- Sans vouloir vous importuner, ajouta l'intéressé, j'ai moi-même également une requête à vous faire. C'est d'ailleurs pour cela que je suis venu m'incruster, à vrai dire. Do You understand ?
- Like you want, but now, vous avez gagné le droit de vous en tenir aux débats prévus à l'ordre du jour. Nous verrons ensuite si votre cause peut se rallier à la nôtre. Right, that's ok ?

Il décida alors de rester un tant soit peu plus discret. Après tout, son nom pouvait tout de même lui servir selon les situations. Contre ou de son propre gré, il prolongea sa créativité communicative en en tirant un slogan plus évocateur en telle occasion. « Stay Alone with US Army »… puis il tenta de s'imaginer une suite complémentaire qui lui servirait de rebondissement durant les débats. Il fallait absolument que les mots percutent d'entrée sans qu'il ait longtemps à s'exprimer, pour arriver à ses fins.

- Alors reprenons. Nous évoquions avant le débarquement de cet opportun, la stratégie navale comme priorité. Que pensez-vous de sous-marins téléguidés capables de surgir à la surface en en rien de temps, comme une offrande aux populations ?
- Cela semble judicieux, et suffisamment spectaculaire pour animer et attrouper des masses de population dans chacun de nos Etats de l'Union. Ceci dit, en quoi des sous-marins pourraient les aider à cohabiter pour davantage de partages solidaires ?
- Tout dépend du discours selon lequel on leur amène la chose sur un plateau, une fois l'effet de surprise réalisé. Vous voyez, mon cher, quand on a un plan, surtout lorsqu'il s'agit de business, il faut user d'une ruse financière sans pour autant aborder l'argent. Et les détournements de fond, j'ai pu apprendre à m'en affairer pour bien des causes à priori défendues. C'est maintenant toute ma stratégie électorale qui en découle, vous voyez ?
- En voilà un qui ne manque pas de toupet ! Sir, Don All Trompe tout le monde, et il en ressort toujours plus populaire, le peuple n'y voyant que de la fête et de bonnes raisons. Quelle politique sans faille ! Vous permettez que je me présente ?
- Allez-y, vous me flattez. C'est le moment !
- Alors me voici : Silver Sterling Stay Alone, et j'aimerais être Stay Alone with US Army, to be free et faire la fête avec vous, si vous me joignez à vos projets pour le peuple.
- C'est comme si c'était fait. Mes amis, le choix est fait, trêve de discussions. Notre nouveau collaborateur de poids me semble apprécier la manœuvre navale, n'est-il pas ?
- Je dois vous avouer que j'ai moi-même l'ambition de mener à bien ma mission avec ma petite armée par les mers. Si nous unissons nos forces pour une cause commune, elle se verrait suffisamment importante pour que nous arrivions à toucher au but. Laissez-moi donc vous exposer notre unique objectif, bien qu'il soit de grande envergure en termes de nombre et de moyens, mais aussi de résistance physique. Il nous manque les moyens de locomotion que vous avez, et d'hommes afin de les piloter. Notre position, c'est le retour à l'humanité, avec toutes les valeurs de partage, de solidarité, de paix et de communion en communauté pour aspirer au « vivre ensemble ». Maintenant, dites-moi simplement si vous êtes fins prêts à ne plus faire dans les faux-semblants ? Car sans ça, vous causeriez à notre perte. Nous ne pouvons tolérer aucune trahison ou quelconque manipulation.
- Votre quête paraît bien louable et très idéaliste, nous n'aurions pu imaginer telle audace en ces lieux de la part d'un homme de votre condition. Mais j'avoue tout de même que la National Army of Scientific Assistante, de son nom, n'a jamais vu une telle opportunité de changer la donne en ce monde, bien dépourvu de grandes aventures qui en valent la peine pour nos sociétés. Quelles sont donc les particularités de votre petite armée ?
- Et bien, puisqu'on parle d'armée scientifique, j'ai appris récemment que mes amis Animaux-humains, en perpétuelle mutation, s'étaient ralliés à des insectes robotisés qui avaient bien pollinisé, de leur doux miel, tout un lot de gangsters réfractaires. Ils viennent de rétablir la paix dans toute la banlieue 93 de la belle métropole française, pas mal, quand on sait qu'avant de me connaître, ils n'étaient que quatre jeunots pleins d'espoir. Ils avaient déjà incrusté une station MIR pour me ramener à la vie dans ce monde, mais ne savaient pas encore que faire de ces potentiels alliés butineurs. Je leur ai donné le petit coup de pouce nécessaire, en débarquant dans une émeute face aux agents de police sécurité pour calmer tout le monde… Le tour était joué, ils ont pris le relais !
- Bravo bien joué ! Vous avez fini de me convaincre. Alors, vous êtes d'attaque, la NASA est-elle avec moi ?
- Bien sûr, patron, c'est tellement beau qu'à en être vrai, nous mériterions notre belle retraite. La raison d'être de notre entreprise semble enfin avoir trouvé la solution à ses

engagements. Alors maintenant, on ne peut que foncer et aller au bout. La fin de l'aventure est proche, Go go go !

L'union parfaite : la NASA et les animaux-humains fantastiques, les machines de la High Technology et la High Society des scientifiques, alliées à la force armée et au poids médiatique de Stay Alone. La mission « Stay Alone with US Army to be free » allait donner du bon moqueur à la conquête de l'humanité.

# Epilogue - La Triple Alliance au complet : signe de paix?

C'était donc chose faite, les jeunes mutants et Silver Sterling Stay Alone, chacun de leurs côtés, avaient trouvé leurs forces alliées en tous milieux.

Militaires, animaux robotisés, personnalités médiatiques et politiques pour la cause de l'humanité, guidés par l'instinct animal de la meute inattendue (enfin tout dépend pour qui ;-)), pouvaient enfin se réunir pour ce qui faisait leurs natures : défendre la place de la création, des sciences humaines, afin d'évoluer sans détruire ce qu'il y a de bon en chacun des êtres vivants de notre belle planète.

Chaque entité put alors s'exprimer, dans une dynamique de partage pour arriver à un but commun : le « vivre ensemble ». On crut même pouvoir imaginer, en fin de compte, à l'approche des élections, que cela annoncerait un droit de présence des animaux (voir même des robots, quand on voit les progrès technologiques de « pointe ») dans les débats les concernant, afin d'illustrer les propos de leurs « maitres ».

Bien entendu, chacun ne se voyait plus comme maitre mais comme « parent d'adoption », le principe étant de s'adapter aux mœurs des différentes « familles » d'êtres vivants, ou disons selon les partis plus ou moins « humanisés », afin de s'apprivoiser les uns les autres.

## Le rêve inattendu

*La nuit qui s'approchait, une vie déjà bien avancée. L'aventure ne faisait pourtant que commencer, mais Andy se sentait revivre, avec tous ses amis et ses « proches collabos ». Ses trente premières années de vie avaient été magnifiques, mais aussi drôlement éprouvantes... Rien que d'y penser, il en frissonnait d'avance de pouvoir se dire :*

*« ET SI J'ETAIS VRAIMENT UN HEROS ? »...*

*Après tout, c'était quand même une aventure de tranchées, un combat de guerrier, en quelque sorte, et pourtant pas si horrible que cela... Le paranormal était devenu son mode vie. Que dis-je, le leur !*

**Songeur, il repensa à une vieille connaissance, enfin c'est ce qui lui semblait, mais était-il vraiment conscient ?**

---

*BRYAN ART – en pensant à sa mère*

Mais qui est-elle? Ta mère, tutrice, une patronne? Non ce n'est pas cela une vie en famille! Elle est bien belle la collectivité quand qui que ce soit en attend trop... Chacun aimerait vivre sa vie, elle comme "toi", sauf que TU as choisi ta liberté, elle d'être mère. C'est toi qui es seul, elle ne veut pas l'entendre et elle n'accepte pas que tu estimes l'être davantage.

*Quelques jours plus tard, il vint sans prévenir chez elle et lui annonça la vie qu'il s'était choisi...*

- Mère, tu dis que tu es seule... mais tu ne l'es pas puisque tu nous as mis au monde, nous tes 3 enfants. Et le dernier est encore à ta charge! Vous l'avez voulu et choisi tous les 2 entre parents raisonnables.
- C'est vrai mais toi et ta sœur dans tout ça?
- Je n'ai pas dit qu'elle était seule... Pas plus que toi ou moi du moins. S'il y en a un qui l'est davantage c'est parce qu'il l'a légèrement décidé. Je ne vais pas te faire un dessin, mon grand projet d'auteur il est lancé et j'en suis fier!
- Grand fils, tu te rends compte des risques que tu prends j'espère...!
- Si tu savais pour moi quel est le pire des risques à prendre...
- Eh bien ne le prends pas.
- J'y compte bien! D'ailleurs je suis certain de ne pas me tromper de combat. Qu'on ne me demande pas d'explication, je fonce et vous verrez bien tous, au moment où ça arrivera, que j'avais raison...
- Tu dis n'importe quoi, c'est de la folie! Aurais-tu oublié ton rendez-vous?
- Quel rendez-vous? Je ne l'ai pas oublié, mais ils ont un contrat à me proposer? Avec un salaire correspondant au labeur, fourni durant plus de 20 ans, tracé sur plus de 100 pages? Je te préviens, accroche-toi la ceinture, elles ne sont qu'un début...
- Et bien fais comme tu veux, mais les cloches sonneront et tu resteras suspendu à ton idéal sans jamais l'atteindre! Si tu as espoir tant mieux, mais ce combat-là, tu le mets hors de chez nous. On n'a pas besoin de tes illuminations sous mon toit.

Puisqu'il en était ainsi, il alla s'installer dans un pays où personne ne s'attendait à le voir: en Tasmanie! Seul face au diable pour voir si sa lumière le calmerait, lui tout puissant. Mais ce qu'il ne savait pas, c'est que ce diable-là, il était mythique... Un véritable cracheur de feu volant comme une flèche! Comme un poisson dans l'eau, il allait devoir se mouiller et prendre les vagues à contre-courant pour éteindre les ardeurs de ses assaillants... Voilà de quoi vivre son aventure chevaleresque, et que le plus audacieux soit lui ou son adversaire de taille, il s'en moquait royalement. Il se devait de donner le meilleur de lui-même et c'est à ce moment-là que tout allait se jouer.

"Mes amis, que le spectacle commence! Jusqu'ici vous croyez avoir tout vu?! Détrompez-vous, la légende sauvage extrapolée à l'extrême de la magie est née et elle est à son apogée!" se dit-il tellement haut que ses amis revinrent à leur tour sous leur forme humaine...

Ainsi, Andy, puis ses amis Diego, Cassidy et Maëlis, aux côtés du grand revenant du cinéma d'action puis de Don All Trompe (qui finalement, aura fini par faire une bonne action avec une NASA reconstituée dans ses valeurs initiales), estimaient avoir accompli leur mission essentielle sur terre. Ils étaient parvenus à l'ultime but qu'ils s'étaient fixés jusqu'ici.

Non pas que leur vie se terminait là, ils savaient bien, tous autant que les autres, qu'ils ne finiraient pas d'en apprendre, dans les années qui allaient suivre. La vie est là pour nous en apprendre, tant que nous restons capables de jouer notre rôle, dans l'avenir des prochaines générations. Il y en a même certains qui marquent les esprits encore davantage, une fois qu'ils ont quittés le sol terrien.

De là-haut, ceux-là sont comme des étoiles. Jamais l'humanité ne pourra les oublier. Sans en avoir la moindre prétention, ils décidèrent alors d'agir de leur mieux, de continuer dans cette belle aventure jusqu'à la fin de leurs jours…

Décidément, le monde était en train de vriller, c'était ce qu'ils avaient toujours voulu... Leur imaginaire avait fini par fructifier sans qu'ils s'y attendent ainsi, et de si belle manière! Vous êtes tentés de créer votre propre vie? Et bien faites si cela vous dit, ne vous privez surtout pas!

## *AU SUJET DE L'AUTEUR*

*J'écris des poèmes depuis tout jeune, mais pas seulement... Une nouvelle a été écrite, même deux en revenant vraiment à mes tous débuts de "tentatives" d'être édité.*
*L'aventure de mon 1er roman actuellement édité, en tant qu'indé avant de pouvoir intégrer une Maison d'Edition dont je serais digne (et qui sera digne d'accepter mes créations), a effectivement commencé sous forme de nouvelle autobiographique, initialement envoyée à un concours en Belgique. A l'époque, ça a fait un gros "flop", c'était en 2014 !*
*Depuis, tout a été revu d'abord par une amie puis, passé à l'épreuve des bêtas-lectures, j'ai remis en page une dernière fois et retravaillé ma couverture.*

© 2018 , Ben LefranK

Edition : BoD - Books on Demand
12/14 rond-point des Champs Elysées, 75008 Paris
Imprimé par Books on Demand GmbH, Norderstedt, Allemagne
ISBN : 9782322103591
Dépôt légal : février 2018